한밤의 미스터리 키친

한밤의 미스터리 키친

Rのつく月には気をつけよう 賢者のグラス

이시모치 아사미 지음
김진아 옮김

알에이치코리아

MENU

일러두기 — 본문의 각주는 옮긴이 주석입니다.

나파밸리 와인 × 로스트비프

산 넘어 산

"안녕! 오랜만이야."

문을 열자마자 나가에 나기사長江渚가 큰 소리로 인사했다.

"진짜 오랜만!"

나, 후유키 나쓰미冬木夏美도 미소로 화답했다.

"자자, 어서 들어와. 아이고!"

나기사의 시선이 아래쪽으로 향했다. 내 가슴께 정도까지 오는 초등학교 4학년 남자아이가 차렷 자세를 하고 있다.

"네가 다이大구나."

우리 부부의 아들, 다이가 꾸벅 고개 숙여 인사했다.

산 넘어 산

"안녕하세요."

나기사가 크게 고개를 끄덕였다.

"그래, 정말 예의 바르네. 근데 아빠 닮은 것 같은데?"

엄마 쪽은 하나도 안 닮았다고 놀리는 모양이다. 뒤에서 내 남편 후유키 겐타冬木健太가 웃고 있다. '이 사람, 여전하네' 하는 표정으로.

집 안으로 들어서자 거실에 갖가지 캐릭터 상품과 장난감들이 여기저기 놓여 있었다. 전부 어린 여자아이용. 집은 정돈되어 있는 듯했지만 자잘한 물건들이 하도 많아 다소 어수선한 느낌이었다. 이 집 남자가 혼자 살 때와는 분위기가 사뭇달랐다.

그 남자는 어린 여자아이를 무릎에 앉힌 채 소파에 앉아 있다.

"어서 와." 그 남자, 나가에 다카아키長江高明가 우리에게 따스한 미소를 던졌다. "너무 오래간만이네."

나와 겐타가 동시에 나가에에게 인사했다.

"오랜만입니다."

"얘가 사키咲구나?"

여자아이는 이름을 불리자 수줍게 고개를 숙였다. 나가에가 아이 어깨에 손을 얹었다.

"사키, 손님들께 인사해야지?"

아이는 잠시 뜸을 들이다가 기어들어 가는 목소리로 "안녕하세요." 하고 인사했다. 참 귀여운 아이다.

나는 무릎을 굽히며 아이와 눈높이를 맞추었다. "안녕. 오늘은 실례 좀 할게." 그러곤 곧 손에 든 쇼핑백을 내밀었다. "자, 여기 선물."

"뭐 이런 걸 미안하게." 아빠가 아이를 대신해 쇼핑백을 받아들었다. "자, 사키. 이럴 때는 뭐라고 하더라?"

"……고맙습니다."

"어머, 기특해라." 나도 모르게 아줌마 대사가 튀어나왔다. "일단 열어봐."

나가에가 쇼핑백에서 상자를 꺼내 포장지를 벗겼다.

"호오."

리모컨으로 조종할 수 있는 로봇이었다.

"여자아이한테 줄 법한 선물은 아닌 것 같은데."

나기사는 얄미운 소리를 했지만 눈은 웃고 있었다. 자기 취향에 들어맞았나 보다.

"사키는 이제 초등학교 2학년이지? 사실, 초등학교 4학년

이상부터 사용하라고 되어 있긴 한데. 그래도 나가에네 아이라면 이 정도는 괜찮을 것 같아서."

"그건 너무 과대평가인데."

나가에가 아빠다운 표정으로 대꾸하며 로봇이 담긴 상자를 딸에게 건넸다.

사키는 어떤 반응을 보이면 좋을지 당황스러운 눈치였다.

"다이, 좀 도와줘."

다이가 한 걸음 앞으로 나오며 대답했다.

"응."

역시 학생기록부에 '저학년 학생들을 잘 돌본다'라는 평가가 적힐 만했다. 다이는 사키에게 "같이 놀자." 하고 권했고, 둘은 거실 구석으로 향했다. 다이가 로봇 상자를 열어 부품을 바닥에 죽 깔았다.

"사용 권장 연령이 좀 높지만 다칠 만한 건 아니니까. 목 졸릴 위험도 없을 테고." 나기사가 느긋한 어조로 말했다.

아차차. 다칠 가능성까지는 생각 못 했다. 그저 두뇌 발달 쪽으로만 생각해 고른 물건이었다. 괜한 선물로 아이를 다치게 하기라도 했다가는……. 다이, 부탁한다. 부디 너보다 어린 여자아이 좀 잘 지켜줘.

한동안 아이들 노는 모습을 지켜봤는데 딱히 위험할 것 같지는 않았다. 안심하고 어른들끼리 식탁에 둘러앉았다.

나기사가 냉장고에서 병맥주를 꺼내 왔다.

"우선 맥주로 건배부터 하자."

병을 따서 유리잔 네 개에 맥주를 따랐다.

"재회를 축하하며."

"귀국을 축하하며."

넷이서 잔을 쨍하고 부딪쳤다.

나와 나가에 부부는 대학 시절부터 절친한 친구 사이다. 우리 셋은 술을 무척 좋아해 대학 졸업 후 취직해서도 틈만 나면 같이 모여 술을 마셨다. 내가 결혼하고 나서는 남편까지 이 무리에 끼어 즐겁게 지내곤 했다. 그런데 사정이 생겨서 술 모임이 잠시 중단되고 말았다. 바로 그 모임이 오늘 밤 오래간만에 부활한 거였다.

"아니, 사실⋯⋯." 나는 맥주를 한 모금 마시고 말했다. "난 너희가 아예 안 돌아올 줄 알았어."

"으음." 나가에가 머리를 긁적였다. "사실 많이 고민했지."

정부의 연구 기관에서 근무하던 나가에는 나기사와 결혼한 뒤 놀랍게도 미국의 대학으로 직장을 옮겼다. 나기사는 다니던 식품회사를 당연한 듯 그만두고 나기에를 따라갔다. 현지에서 사키가 태어났기에 그대로 미국에 영구 거주하는 줄만 알았는데.

"사실 미국도 그렇게 사람 사이가 각박하지는 않더라고." 나가에게 맥주를 마시며 설명했다. "오히려 의리나 인정을 중시해. 그래서 주변 사람들이 다들 미국에 남으라고 권하더라."

"근데 이렇게 돌아왔잖아. 그것도 우리 모교였던 대학에."

"아, 그건 정말 어쩌다가. 때마침 자리가 났거든. 학부도 이전했고 연구실 사람들도 많이 바뀌어서 이제는 별로 모교 같은 느낌도 안 들어."

"그래도, 귀국했어도 지방 대학으로 갔으면 이렇게 만나서 술 한잔도 못 했을 거 아니야. 우리한테는 다행이지."

나는 병을 들어 나가에의 잔에 맥주를 따랐다.

나기사가 아이들에게 줄 식사를 챙겨 주방에서 나왔다. 쟁반에는 닭튀김과 비엔나소시지가 담겨 있었다. 밥은 치킨 라이스*였다. 야채가 적은 건 사키가 별로 안 좋아해서려나?

"너 제법 엄마다운데?"

---

* 닭고기, 양파 등을 넣고 버터, 케첩을 더해 볶은 밥

내가 한마디 던지자 나기사는 "너도 그렇잖아." 하고 대꾸했다. 그러고는 로봇을 가지고 노는 아이들을 불렀다. "자, 너희도 이리 와서 밥 먹어."

다이와 사키는 "네" 하며 자리에서 일어났다.

"비누로 손 씻고 와. 사키, 다이 오빠 좀 안내해 줄래?"

"이쪽이야." 하며 사키가 다이를 데리고 거실을 나섰다. 벌써 친해진 모양이다. 좋아, 좋아.

남편인 겐타가 가지고 온 아이스박스를 열었다.

"예고 드린 대로 안주를 가지고 왔습니다."

그렇게 말하며 알루미늄 포일에 싸인 덩어리를 꺼냈다. 내용물이 새지 않게 지퍼백 비닐 안에 담겨 있었다.

"뭐 썰 수 있는 거라도 가지고 올게요."

나기사가 다시 한번 주방으로 들어가 도마와 식칼, 스테이크 나이프, 포크를 가지고 왔다. 겐타가 지퍼백에서 덩어리를 꺼내 도마 위에 살며시 내려놓고 조심스럽게 포일을 벗겼다. 안에 든 건 쇠고기 한 덩어리였다.

"오호!" 나가에의 눈이 가늘어졌다. "로스트비프네요."

겐타가 수줍게 웃었다.

"쇠고기의 본고장에서 돌아온 사람한테 내놓긴 부끄럽지

만요."

"아니에요, 정말 좋아합니다."

"근데 국산 아니고 오스트레일리아산이에요."

"좋은데요? 미국산하고 맛도 다르고."

"직접 만드신 것 같네요." 나기사가 관심이 생기는지 입을 열었다. "오븐 쓰셨어요?"

"아니요, 오븐 토스터로요. 본격 요리라고 할 수 있는지는 모르겠지만 오븐 토스터로도 이렇게 구울 수 있죠."

"와, 고기다." 세면장에서 돌아온 다이가 외쳤다. "먹어도 돼?"

"되는데, 일단 속이 빨갛게 덜 익었으니까 한 번 더 구워야 해. 부탁해도 될까?"

마지막 말은 나기사에게 한 말이다.

"그래. 먹기 좋게 썰어서 야키니쿠 타레タレ*에 찍어 먹자. 일단 썰어야겠네."

어떻게 먹든 덩어리째로 먹을 수는 없다. 어른이라도 로스트비프는 얇게 썰어 먹어야 한다.

• 간장과 설탕으로 밑간을 해 구운 고기(야키니쿠)를 찍어 먹는 새콤달콤한 소스

나기사는 식탁 위를 가만히 바라보았다. 고기를 썰 수 있는 칼은 두 종류, 식칼과 스테이크 나이프가 있었다.

"어느 쪽이 더 좋을까."

"고기니까 스테이크 나이프겠지."

나는 아무렇게나 답했다.

나기사는 "그렇구나." 하고 대꾸하더니 스테이크 나이프를 집어들었다. 중심부에 포크를 푹 찔러 넣어 고기를 단단히 고정한 다음, 칼을 갖다 댔다. 스테이크 고기를 썰듯 로스트비프를 썰었다. 고기는 깔끔하게 두 동강이 났다. 안에서 붉은 기가 멋들어지게 감도는 단면이 나타났다. 정말로 로스트비프다운 모양새였다. 역시, 내 남편이 요리는 참 잘한다.

그런데, 나기사가 갑자기 미간을 좁히며 인상을 썼다.

"안 되겠다."

"뭐가?"

"스테이크 나이프로는 얇게 못 썰겠어."

"그래?"

나는 그렇게 물으며 고기의 단면을 보았다. 정말로 고깃결이 너덜너덜하게 찢겨 있었다. 스테이크 나이프에는 톱니가 있었지만 눌러 자르는 느낌이라 나기사 말대로 얇게 썰 수가 없었다.

"좋아."

나기사는 스테이크 나이프 대신 식칼을 쥐고 고기 살점 속에 조심스럽게 찔러 넣었다. 잘 들어가나 싶더니, 3분의 1도 채 들어가지 않았는데 고기가 부서지면서 찢어져버렸다.

"이거 은근 어렵네."

나기사는 그렇게 말하며 손을 좀 전과 다르게 움직였다. 찔러 넣은 포크의 위치를 바꾸어 가장자리에서부터 고기를 두툼하게 썰었다. 그렇게 자른 고기를 더 잘게 깍둑썰기했다.

"우선 아이들 것부터 준비하자."

깍둑썰기한 고기를 들고 주방으로 가서 프라이팬에 고기를 넣고 완전히 익혔다. 냉장고에서 야키니쿠 타레를 꺼내 고기 위에 뿌렸다. 곧바로 프라이팬에서 타레가 타들어가는 냄새가 났다. 식욕을 돋우는 맛깔스러운 향기였지만 로스트비프를 먹는 데 이 냄새는 오히려 방해만 될 뿐이다. 결혼 전의 나기사였다면 이런 걸 절대로 용납하지 않았겠지만 그녀도 이제 아이가 생겨 성격이 유해졌나 보다. 아니, 이제 자잘한 건 어찌 되든 신경 쓰지 않게 된 건지도 모른다.

나기사가 쇠고기타레구이로 바꾼 로스트비프를 아이들 앞

에 내려놓았다.

"자, 먼저 먹어."

두 초등학생이 "와!" 하고 탄성을 지르며 젓가락으로 고기를 집었다. 다이가 사키보다 고기를 더 많이 집어 먹을까 내심 조마조마했다.

"좋아. 그럼 재도전."

나기사가 다시 식칼을 쥐었다. 단면에서 몇 밀리미터 정도 되는 부근에 칼날을 대고 신중히 내리눌렀다.

"아, 역시 안 되겠어."

중간 지점쯤에서 칼날의 각도가 바뀌면서 자꾸만 아래쪽이 두꺼워졌다.

"어디 봐봐."

나가에가 자리에서 일어났다. 식칼을 받아 고기 살점에 칼날을 댔다. 이 남자는 그래도 재주가 좋으니 어느 정도 잘하겠거니 했는데, 결과는 아내와 똑같았다. 남편 겐타도 고기를 가져온 책임을 지고 시도해 봤지만 나가에 부부와 똑같은 결과만 낳을 뿐이었다. 겐타가 못하는 일을 내가 해낼 리 없으므로, 나는 아예 처음부터 항복을 선언했다.

"역시 레스토랑처럼은 못 썰겠네요."

겐타가 난감한 표정을 지었다.

나가에도 고개를 끄덕였다.

"이런 고기는 전문가가 전용 칼로 썰겠죠. 고기가 너무 부드러우니까요. 좀 더 단단했다면 썰리겠지만 지금부터 얼릴 수도 없는 노릇이고."

"에이, 뭐 어때." 내가 끼어들었다. "반대로 생각하면 밖에서는 얇게 썬 고기만 먹을 수 있다는 거잖아. 집에서 먹으니까 이렇게 두툼하게 썰어 먹을 수 있다, 득 본 기분 들지 않아?"

"뭐?" 나기사가 어이가 없다는 표정을 지었다. "나쓰미는 여전히 태평하구나."

"긍정적이라고 해주지 그래."

"그 말이 그 말이야. 그럼 신경 쓰지 말고 팍팍 썰어볼까."

이의 제기하는 사람이 없자 나기사는 남은 고기를 대담하게 썰어 큼지막한 접시에 담았다.

겐타가 아이스박스에서 로스트비프 소스와 호스래디시horse-radish● 튜브를 꺼냈다.

"소스는 고기에 직접 뿌릴까요?"

● 서양의 고추냉이

"그러세요."

겐타는 소스를 너무 많이 뿌리지 않도록 조심스럽게 고기 위에 휘휘 두르고 접시 가장자리에 호스래디시를 짰다. 로스트비프라는 우아한 이름과는 전혀 어울리지 않게 야만족의 만찬 같은 모양새가 되어버렸다.

"그럼 와인 좀 가져올게."

"나도 도울게." 하며 자리에서 일어났다. 아무리 초대받은 입장이라도 나기사만 너무 바삐 움직이는 것 같아 미안했다.

하지만 나기사는 내 쪽으로 손바닥을 펴며 제지했다.

"괜찮아, 앉아 있어. 별로 어려운 일도 아니니까."

주인이 그렇게 말하니 하는 수 없다. 미국에서 지인들을 초대했을 때는 항상 이런 식이었을까. 상상력의 근거는 빈약했지만 미국은 친구나 지인을 자주 초대해 홈 파티를 여는 이미지다.

나기사가 빈 맥주병과 잔을 들고 주방으로 향했다. 이번에는 레드와인 한 병과 와인 잔 네 개를 쟁반에 담아 식탁으로 돌아왔다.

겐타가 나기사한테서 와인 병을 받아들고 라벨을 살폈다.

"캘리포니아 와인이네요. 나파밸리라고 적혀 있고요."

나기사가 기쁘게 웃었다.

"네, 미국에서 사온 건 아니지만 거기서 발견한 브랜드예요. 진판델이라고, 캘리포니아에서 많이 재배되는 포도 품종으로 만든 와인인데 제법 맛이 좋아요."

나기사는 소믈리에 나이프로 코르크를 딴 다음, 네 개의 잔에 조심스럽게 와인을 따랐다.

"자."

어른 넷이 와인 잔을 들어올렸다. 아이들에게는 보리차를 주었다.

"그럼 다시 건배!"

젓가락으로 두툼하게 썬 로스트비프를 집었다. 한입에 털어 넣기에는 다소 고기 조각이 커서 입으로 반씩 뜯어먹었다. 갈수록 야만족 같다.

찰진 식감. 씹을 때마다 육즙이 줄줄 흘러나왔다. 야키니쿠나 스테이크와는 맛이 달랐다. 고기를 삼키고 레드와인을 입에 머금는다. 대체 얼마나 많은 포도를 가지고 와인을 만들었나 싶을 정도로 혀에 닿는 과즙 느낌이 대단했다. 쇠고기 맛에 지지 않을 정도의 강한 맛. 그래, 로스트비프랑 찰떡이다.

"맛있네요."

나기사가 자못 감탄한 듯 고개를 끄덕거리며 말했다. 술과 안주에 관해서라면 절대로 거짓말을 하지 않는 친구이니 분명 본심이리라.

"향신료나 마늘 같은 걸로 간하면 맛이 더 좋아질 것 같은데, 혹시 아이들도 먹어야 해서 이렇게 하신 거예요?"

"아, 역시 잘 아시는군요." 겐타가 수긍했다. "간은 거의 소금으로만 했어요. 너무 맵거나 알싸하면 애들이 못 먹으니까요."

나기사가 맞는 말이라며 고개를 끄덕였다. 그리고 내 쪽을 쳐다봤다.

"넌 정말 남편 복은 타고났다니까."

"그렇지?"

나는 뻔뻔스럽게 대꾸했다. 아마도 내가 발끈해서 부정할 거라고 예상했겠지? 나기사가 머쓱한 표정으로 몸을 뒤로 젖혔다. 후후, 그렇게 간단히 네 도발에 넘어갈 순 없지.

"근데 얇게 못 썰 거라곤 예상 못 했습니다." 겐타가 면목 없다는 표정을 지었다. "잘 굽는 데만 집중하느라 구운 뒤의 과정까지는 전혀 생각 못 했네요."

"사실 로스트비프만이 아니라 요리는 조리 단계가 제일 중요하니까요. 이 과정만 잘 넘기자, 그렇게 생각하는 것도 무리는 아니죠."

"산을 하나 넘었는데 산이 또 하나 나타난 상황이랄까요?"

나가에와 나기사가 제각기 겐타를 격려했다. 실제로 모두 맛있다고 하니 중대한 실수는 아니다. 아예 고기를 못 썰었으면 큰 문제였겠지만 어쨌든 썰긴 썰었으니까. 잘 썰지 못했을 뿐⋯⋯. 그렇게 생각한 순간, 무언가가 뇌리를 스쳤다. 과거의 일이 문득 떠오를 때의 느낌. '뭐지?' 하고 생각하는 순간 내가 뭘 떠올렸는지 알 수 있었다.

"그러고 보니 비슷한 일이 있었네."

나의 갑작스러운 말에 세 사람의 시선이 일제히 내 쪽으로 모였다.

"아, 예전에 아는 사람이 비슷한 실수를 한 게 생각나서."

"실수?"

나기사가 바로 관심을 보이며 물었다. 나는 남편에게 시선을 던졌다.

"다노이田野井 씨 부부 기억나? 그 집 아이가 다이랑 같은 유치원 상급반이었잖아."

겐타가 공중에 시선을 던지며 기억을 더듬었다.

"아, 남편 얼굴이 좁다랗고, 아내 얼굴은 기름한? 그 집 딸

이름이 나쓰나夏奈였던가."

역시 대단한 기억력이다.

"맞아, 그 다노이 가족. 우리 다이가 유치원 때 일인데, 그집 아빠 상사가 그 집 근처에 살다 이사를 가면서 물건을 좀처분하고 싶다고, 필요한 게 있으면 가져가도 좋다고 했대."

"거참 상사분이 통이 크시네." 나기사가 한마디 했다. "아, 이사하는 김에 새로 살림 장만하고 싶어서 낡은 살림을 부하한테 떠넘긴 건지도 모르겠다."

"아마 그런 거겠지. 어쨌든 그 상사의 필요 없는 물건 목록에 안마의자가 있었다더라고."

"오!" 이번에는 나가에가 반응을 보였다. "갖고 싶은걸."

"아니, 이 집에 그런 걸 놓을 공간이 어디 있어? 미국 집하고 달리 여긴 비좁다고."

나기사가 싸늘하게 면박을 주고 다음 이야기를 재촉했다.

"안마의자라는 게 네 말대로 부피가 좀 크잖아? 가격도 만만치 않고. 솔직히 갖고 싶다고 덥석 살 수 있는 것도 아니고. 다른 가전제품에 비해서 우선순위 면에서도 순위가 그리 높지 않고. 어깨결림이나 요통으로 심하게 고생하는 게 아니면 말이지."

"그건 그러네."

"그 아빠도 있으면 좋겠다 싶었지만 진지하게 살 마음까지는 없었대. 근데 공짜로 준다고 하니. 물론 거저 줄 정도니까, 네 말대로 낡은 제품이었어. 왜, 온천 여관 같은 데 가면 있는, 안마해 주는 부분이 등받이에서 툭 튀어나와 있는 의자 있잖아. 딱 그런 식."

"아, 그래, 옛날 안마의자는 그렇게 생겼지." 겐타가 그립다는 듯한 표정을 지었다. "그거 방심하면 목까지 졸릴 수 있잖아. 요즘 의자들은 안마해 주는 부분에 에어셀이라고 하나? 그런 게 내장되어 있어서 전혀 위험하지 않다고 하지만."

"맞아. 근데 옛날식이든 뭐든 안마만 되면 괜찮으니까. 그 상사 집에 가서 직접 써봤더니 제법 안마받는 느낌이 좋았다고 하고. 다노이 씨 부부, 둘 다 어깨결림으로 고생했거든. 그야말로 넝쿨째 굴러든 호박이었지. 그래서 그 집 아빠가 그 자리에서 가져가겠다고 했대."

나기사가 주변을 휘 둘러보고 말했다.

"그럼 그 다노이 씨 집에는 안마의자 놓을 공간이 있었다는 뜻?"

"맞아. 방 세 개에 거실 하나짜리 맨션을 막 샀을 때였거든.

아이도 아직 어려서 공간상으로는 문제가 없었어. 집이 비좁아지면 그때 생각하자, 그러면서 그냥 받기로 한 거지."

"그래도 제법 크고 무거웠을 텐데." 겐타가 대화에 끼어들었다. "그걸 어떻게 옮겼대? 업자 부르면 비용이 꽤 들 텐데."

"응, 그 집 아빠도 그걸 가장 걱정했다더라고. 기왕 공짜로 얻은 의자, 운반에 돈 들이는 건 아깝잖아. 엄마 쪽 직장 동료 중에 미니밴을 가진 사람이 있어서 그걸 빌려서 맨션까지 옮겼대. 맨션에 도착해서는 다시 빌린 짐수레에 실어서 엘리베이터로 집까지 옮겼고."

"아하, 알겠다." 눈치 빠른 나기사가 씩 웃었다. "그런데 현관이 좁아서 의자가 안 들어갔구나?"

"맞아." 내가 집게손가락을 척 치켜세웠다. "최신 기종이면 크기가 다소 작겠지만 오래된 제품이라 신축 맨션 현관 사이즈보다 훨씬 컸어. 근데 지금까지 집 안에 있었던 거라 현관에서 막힐 거라곤 상상도 못 했던 거지. 그 아빠도 운반에만 신경 쓰느라 그 후에 집에 어떻게 들일지는 전혀 생각을 못한 거야."

"굽는 것만 신경 쓰느라 써는 건 전혀 고려하지 못한 이 로스트비프처럼."

나기사가 덧붙였다. 정말 그 말이 딱 맞았다. 겐타가 머리를 긁적였다.

"잘 먹었습니다."

다이와 사키가 밥을 다 먹었다. 환경이 달라져 흥분했는지 두 아이 모두 그릇을 싹싹 비웠다.

"그럼 또 사키랑 놀게."

"잠깐만. 손이랑 입 닦아야지."

나기사가 재빨리 물티슈 케이스를 건네주었다. 나는 그 안에서 얼른 티슈를 한 장 꺼내 아들 입가를 닦아주었다. 나기사도 사키 입을 닦아주었고, 아이들은 다시 로봇이 있는 곳으로 돌아갔다.

"그래서 어떻게 됐어?"

"여기서 선택지는 두 가지지. 하나는 집에 안 들어가니까 원래 주인에게 돌려준다. 다른 하나는 어떻게든 집 안에 넣는다."

"집 안에 넣는다니 대체 어떻게?"

겐타가 눈을 껌벅거렸다.

"가장 먼저 생각할 수 있는 건 창문으로 넣을 수 있는가, 아닐까요?" 나기사가 말했다. "복도 쪽 창문으로는 안 들어갔어?"

나는 고개를 저었다.

"안타깝게도 복도 쪽 창문에는 방범용 격자 창살이 붙어 있었어. 안마의자는커녕 사람 머리 하나도 집어넣을 수가 없었지. 방범을 생각하면 그럴 수밖에."

"엘리베이터로 집까지 옮겼다니 건물 바깥쪽 창문으로 넣는 것도 어려울 거고."

"아마 그 집 7층이었을걸. 바깥에서 넣으려면 사다리차 불러야지. 그거 빌리는 데 얼마나 들려나."

"그럼 하는 수 없이 돌려줄 수밖에 없겠네."

내 남편은 참 포기가 빠르다. 나는 빙그레 웃었다.

"근데 그 집 아빠는 포기 안 했어. 고민을 거듭한 끝에 의자를 분해해서 집에 들이고 거실에서 다시 조립하기로 했지. 말이 분해지, 부품을 하나하나 푸는 게 아니라 현관을 통과할 수 있을 정도로만 부품을 떼어두면 되니까."

"아하, 그렇구나." 나기사도 웃음으로 답했다. 흥미진진하다는 표정이었다. "그래서, 성공했어?"

은근 실패하기를 기대하는 눈치였다. 그럼 기대에 부응해줘야지 싶었다.

"부품은 떼어낼 수 있었어. 오래된 기종이라 의자 옆쪽에 큼직한 각도 조절용 핸들이 달려 있어서 그게 방해가 됐대. 그걸 떼어내니 간신히 현관을 통과힐 수 있었지. 이제 다시 조립만 하면 됐는데…… 다노이 씨는 의자를 원래대로 돌려놓을 수가 없었어.”

“왜?” 겐타가 의아한 표정을 지었다. “떼어놓은 핸들을 그냥 끼워 넣으면 되잖아?”

“그것도 오래된 기종이라 어려웠던 모양이야. 핸들을 고정했던 나사가 너무 굳어 있어서 해체하려고 돌릴 때 나사골을 망가뜨렸대. 그래서 다시 끼워 넣을 수가 없었던 거지.”

“나사는 그냥 마트에 가면 비슷한 사이즈로 얼마든지 살 수 있지 않나?” 겐타가 자기라면 당연히 그러겠다는 양 반론을 폈다. “그리고 각도 조정용 핸들이라면서? 설령 그게 없다 해도 안마 자체는 가능할 텐데.”

“근데 참 그게 마음대로 안 됐단 말이지.” 남편의 의견에 헤살을 놓으려는 건 아니었지만 나는 고개를 저었다. “아까 나사가 굳어 있었다고 그랬지? 억지로 돌릴 때 힘이 많이 들어가서 그런지 안에서 ‘뚜둑’ 하는 이상한 소리가 났다더라. 콘센트에 플러그를 끼우고 전원을 켜도 작동을 안 했대.”

“아이고.” 노골적으로 기쁨을 표하는 나기사. “그래서 수리공은 불렀고?”

"제조 회사에 전화했는데, 옛날에 나온 기종이라 부품도 없고 수리 불가능이라는 답변만 받았대. 망가뜨렸으니 원래 주인에게 돌려줄 수도 없고. 크기도 너무 크고 무거워서 불연 쓰레기로 내놓지도 못하고. 결국 회수 비용을 물고 폐가전제품으로 버리는 걸로 일단락됐지."

"너무 슬픈 일이네." 나기사는 웃는 눈이다. "공짜가 제일 비싸다*더니 정말이네. 득 본 줄 알았더니 회수 비용까지 물고 버리는 꼴이 됐으니. 게다가 수중에 남은 건 아무것도 없고. 말짱 헛수고만 한 거잖아."

"그러네요." 겐타도 동의했다. "그에 비해 로스트비프는 두껍게 썰린 정도로 끝났으니 괜찮은 거 아닐까요?"

일련의 이야기를 마무리 짓는 말이었다. 나도 이의는 없었다. 남의 불행을 즐거워할 일은 아니었지만 오랜만에 갖는 술모임 분위기를 달아오르게 하는 잡담으로는 좋은 소재였다.

그런데 지금까지 잠자코 있던 나가에가 입을 열었다.

"나기사 말대로 정말 다노이 씨 집에는 아무것도 안 남았네." 나가에가 그렇게 말하며 내 쪽으로 얼굴을 돌렸다. "그런

- 공짜로 얻으면 부탁, 답례 등으로 결국 더 비용이 든다는 말

뒤에 다노이 씨 부부는 어떻게 했을까?"

갑작스럽고 의미를 알 수 없는 질문이었다.

"어떻게 했느냐니?"

"안마의자 말이야." 나가에가 대답했다. "갖고 싶긴 했지만 살 수 없었던 게 손에 들어오게 됐잖아. 근데 결과적으로는 가질 수 없었고, 쓸데없는 지출까지 생겼고. 그런 상태에서 할 수 있는 생각은 두 가지겠지. 하나는 '안마의자 따위 지긋지긋하다' 하고 싹 잊는다. 다른 하나는 못 가진 경험이 오히려 계기가 되어 새것을 산다. 다노이 씨 부부는 어느 쪽을 선택했을까?"

아아, 그런 뜻이었구나.

"새로 샀더라. 유치원 졸업이 얼마 남지 않았을 때 그 집에 놀러 갔는데 집에 새 안마의자가 있었어. 주변에 그런 걸 가진 사람이 없다 보니 자연히 안마의자를 두고 수다를 떨게 됐거든. 그러다 아까 그 얘기가 나온 거고. 그 집 아빠, 허물없는 성격이라 자기 실패담을 재미있게 들려주더라고."

"그랬군."

나가에가 역시 그럴 줄 알았다는 식으로 짧게 맞장구를 쳤다. 그 말 그대로다. 물건을 가지기는커녕 오히려 버리기 위해

돈까지 쓴 상황. 도박 같긴 하지만 첫 투자를 물거품으로 만들지 않으려고 돈을 더 투자해 결과를 만들어내려는 행위. 전혀 이상할 게 없다.

나는 그렇게 이해했지만 그 후에 이어진 나가에의 말은 예상 밖이었다.

"다노이 부인 작전이 제대로 먹혔네."

거실에 침묵이 내려앉았다. 아니, 정확히 말하면 침묵은 아니었다. 로봇 모터가 돌아가는 소리, 다이와 사키가 떠드는 소리가 들려왔다. 하지만 어른들은 모두 할 말을 잃고 그저 묵묵할 뿐이었다.

"……저기, 요스코." 나기사가 낮은 목소리로 말했다. "그게 무슨 뜻이야?"

나기사는 결혼하고 나서도 자기 마음에 안 들면 나가에를 '요스코'라고 부르는 건가. 이젠 자기도 요스코면서.*

"무슨 뜻이긴." 나가에는 당연하다는 듯 대답했다. "약간의

• 나기사도 결혼하면서 성이 나가에가 됐다. '나가에'라는 성의 한자는 '長江'인데 장강長江은 중국의 양쯔강揚子江을 뜻하기도 한다. '揚子江'을 일본식으로 읽으면 '요스코'가 되는 일종의 말장난이다.

행운도 따라주긴 했지만 다노이 부인이 자기 작전대로 원하는 결과를 얻었다는 뜻이지."

"뭔 말인지 모르겠다고."

나기사의 입이 부루퉁해졌고, 나가에는 그런 아내를 다정한 눈빛으로 바라봤다. 그렇다. 나가에는 이런 식으로 자신에게 따지는 여자한테 마음이 끌렸던 것이다.

그건 그렇고 나 역시 나가에의 말을 이해할 수 없었다. 다노이 씨 부부의 안마의자 반입 계획은 멋지게 실패하고 말았다. 작전이니, 원하는 결과니 그런 게 어디 있나. 내가 그렇게 지적하자 나가에는 순순히 고개를 끄덕였다.

"네 말이 맞아. 게다가 난 다노이 씨 부부도, 그 의자를 준 상사도 모르니까. 그래서 어디까지나 추측한 거지만, 네 이야기를 듣다보니 몇 가지 마음에 걸리는 점이 있어서."

"걸리는 점?"

"미니밴 말이야."

"뭐?"

순간 나가에의 대답을 이해하지 못했지만, 곧 그게 안마의자를 옮겼던 미니밴을 뜻한다는 것을 알아차렸다.

"큰 물건이니까 큰 차로 옮긴다. 그렇게 생각하는 건 당연해. 근데 말이야, 가전제품 판매점에서 큰 물건을 사면 꼭 트럭으로 배달해 주잖아? 반면에 미니밴은 기본적으로 사람을 태우는 용도고. 뒷좌석을 눕혀서 자전거를 넣을 순 있어도 대형 가전제품을 실을 수 있다고는 장담 못 하지. 다노이 씨 부부는 어떻게 빌린 미니밴에 안마의자가 제대로 들어갈 거라 생각했을까?"

"그야, 치수를 재서……."

나기사가 대답했다.

"그렇지." 나가에는 아내의 의견에 동의했다. "상사 집 현관으로 들어갔으니 자기 집 현관으로도 들어가겠거니, 그렇게 생각하는 건 말이 돼. 아주 일반적인 발상이니까. 근데 물건을 옮겨야 할 때는 얘기가 다르지. 옮기는 게 제일 문제이다, 그런 의식이 있었잖아. 그럼 당연히 치수를 재겠지. 미니밴은 다노이 부인이 회사 동료한테서 빌렸댔지? 그러면 아마 회사에서 이런 대화가 오가지 않았을까? '이 정도 사이즈인데 네 차에 실을 수 있을까?' '응, 그 정도는 실을 수 있어' '그럼 이번 주말에 차 좀 빌려줄래?' '그러지 뭐'."

"맞네."

맞장구는 쳤지만 나가에의 진의를 깨닫지 못했다. 그래서 다음 말을 재촉했다.

"운반하려고 치수를 쟀다. 치수를 알게 되면 다음에는 뭘 생각할까? 다노이 씨네 맨션은 아이가 아직 어려서 공간에 여유가 있다고 했지. 근데 의자를 놓을 공간이 있는 걸로는 끝나지 않아. 어디에 둘지도 중요하니까. 방에 어떻게 배치할지 생각할 때도 치수가 필요해. 줄자로 바닥을 재가며 공간을 얼마나 차지할지 꼼꼼히 살폈을 거야. 그 정도로 방의 치수를 신경 썼으면 당연히 현관 폭에도 생각이 미치지 않았을까. 그런 식으로 생각했지."

"음, 그렇지만……." 겐타가 더듬더듬 반론을 제기했다. "실제로 다노이 씨 부부는 현관 바로 앞까지 의자를 옮겼잖아요. 그건 현관을 통과하지 못한다는 사실을 알아차리지 못해서 그런 거 아닌가요?"

"그렇죠." 나가에는 또다시 바로 수긍했다. "그러니까 여기서부터 발상이 비약합니다. 부부가 같이 알아차렸다면 의자를 옮길 필요가 없었겠죠. 하지만 한 사람만 알고 그걸 상대에게 말하지 않았다면? 의자를 옮길 수밖에 없지 않았을까."

"정말 비약이긴 하네." 나기사가 무거운 어조로 말했다. "근데 그게 무슨 의미가 있는지 잘 모르겠어. 그래서 요스코가 보기에는 누가 알아차린 건데, 남편? 아니면 아내?"

"아내 쪽이지." 나가에가 단언했다. "남편은 의자가 현관을 못 통과한다는 걸 안 뒤에 한참을 고민하다 부품을 떼어내고 넣어보기로 했어. 처음부터 알았다면 현관 앞에서 곧장 '좋았어, 이제 부품을 떼서 사이즈를 줄이자' 했겠지."

"잘 이해가 안 되는데." 나기사가 얼굴을 찌푸렸다. "다노이 부인은 안마의자가 현관으로 들어갈 수 없다는 걸 미리 알고 있었다. 그런데도 일부러 미니밴을 빌려 군이 현관까지 옮겨서 남편을 고생시켰다. 대체 뭣 때문에 그런 거지?"

"일단 난 다노이 씨 부부가 사이가 나쁠 거라고 의심하지는 않아." 나가에가 장난스럽게 말했다. "다노이 부인은 오히려 남편을 배려했을걸?"

"점점 더 이해가 안 되네."

"그럼 좀 더 이해 안 되는 이야기를 해볼까? 내가 보기에 다노이 부인은 안마의자를 받아 올 수밖에 없었어. 그런데 받아서도 안 됐지."

나기사는 결국 할 말을 잃고 말았다. 나기사만이 아니었다. 나도, 겐타도 아무 대꾸도 할 수 없었다. 나는 잠시 침묵하다 겨우 말문을 열었다.

"나가에, 미국에 가더니 머리가 이상해지기라도 한 거야?"

그의 아내가 대변했다.

"이상한 건 미국 가기 전부터 이상했지."

"그 말엔 동의하지만, 제대로 설명 좀 해주는 게 어떨까?"

나가에가 진지한 표정으로 고개를 끄덕였다.

"응, 일단 이 실패담의 도입부를 정리해 볼게. 다노이 씨 부부는 둘 다 어깨 결림으로 고생하고 있었어. 그때 마침 남편의 상사가 오래된 안마의자를 가져가지 않겠느냐고 물었지. 한번 사용해 보니까 제법 상태가 괜찮아서 그 자리에서 가져가겠다고 했어. 맞지?"

기억을 더듬어보았다. 나가에의 요약은 정확했다.

"이 전제 조건에서 중요한 건 '상사'와 '그 자리에서 가져가겠다고 했다', 이 두 가지야. 이건 말하자면 남편분이 상사에게 '필요 없어진 이 물건은 제가 책임지고 가져가겠습니다' 하고 선언한 거나 마찬가지 아닐까?"

난 열심히 머리를 굴렸다. 상황의 흐름을 대강 파악해 보니 정말로 나가에의 말이 맞았다.

"……그러네."

"그 상사가 어떤 성격인지는 모르겠지만, 부하 입장에서는 그렇게 확신 있게 말한 이상 이유가 뭐든 '필요 없을 것 같습니다' 할 수는 없겠지? 그런 말을 한 뒤에 회사에서 입장이 어찌 될지 생각하면. 정부 연구 기관이나 대학에서만 일해본 내가 말해봐야 그리 설득력은 없겠지만 말이야."

"아니요, 그 말이 맞습니다."

회사원인 겐타가 그렇게 보증하자, 나가에는 다시 설명을 이어나갔다.

"아까 의자가 현관을 통과 못 할 거라는 사실을 알아차린 건 아내 쪽이라고 했잖아? 아내 입장에서는 더욱 말 꺼내기 힘들었을 거야. 의자를 받아 가겠다 선언해 놓고 집에 안 들어가니 역시 못 가져가겠다, 남편한테 그렇게 말하라고 할 수는 없었을 테니까. 그건 그야말로 '제가 이렇게 무능합니다' 하고 어필하는 거나 마찬가지잖아. 오래된 안마의자를 받아 가겠다고 그 자리에서 결정한 그 시점에 이미 다노이 씨 부부에게는 의자를 받지 않는다는 선택지가 없어진 거야."

회사원 처지에서는 절절히 이해되는 마음이었다. 만약 겐타가 그런 상황에 처한다면 나 역시 그냥 받아야겠다 생각할 것이다. 이해되는 설명이었지만 다른 의문점도 샘솟았다. 그 점에 대해 물어보기로 했다.

"떠맡아 봐야 버릴 수밖에 없는 폐가전제품. 그걸 알고 있었는데 왜 남편한테 말하지 않은 거지? 미니밴을 빌려 오고, 의자를 차에 싣고 상사의 집을 떠난 것까지는 좋다고 쳐. 그다음에라도 남편한테 사실을 말했으면, 현관까지 의자를 옮길 필요 없이 바로 어떻게 버릴지 상의하면 됐을 텐데."

"그래, 맞아." 나가에는 전혀 동요하지 않고 대답했다. "근데 또 하나의 전제 조건을 생각해 보자고. 다노이 씨 부부는 둘 다 어깨 결림으로 고생하는 상황이었어. 안마의자를 갖고 싶은 건 다노이 부인도 마찬가지. 그랬지만 다노이 씨 집은 막 맨션을 구입한 상황이었지. 대출금도 갚아야 하니 지출에 신중해질 수밖에 없었을 거야. 공짜로 받은 의자를 버리고 새것을 사자고 말하기가 쉽지 않았겠지. 게다가 다노이 부인한테는 남편 상사한테 받은 안마의자를 사용해서는 안 되는 이유가 있었어."

"아까 말했던, 의자를 받아서도 안 됐다, 하는 얘기지? 대체 왜? 낡긴 해도 어깨를 주물러주긴 하잖아?"

"물론 주물러주긴 하지."

나가에는 그렇게 말하며 아이들 쪽으로 시선을 돌렸다. 사키는 신이 나서 리모컨 로봇의 컨트롤러를 쥐고 있었다. 사용

권장 나이가 자기보다 훨씬 높은 장난감인데도.

"앗!" 갑자기 겐타가 큰 소리로 외쳤다. 아이들이 놀라서 이쪽을 쳐다봤지만. 겐타는 개의치 않고 말을 이었다. "이런 말인가요? 오래된 안마의자는 안마해 주는 부분이 보호 장치 같은 것 없이 그대로 노출되어 있잖아요. 자칫하면 목까지 졸리기에 십상인. 그리고, 다노이 씨 집에는 어린 유치원생 자녀가 있었고⋯⋯."

"바로 그겁니다." 나가에가 만족스럽게 고개를 끄덕거렸다. "옛날이라면 모를까, 요즘 시대에 어린아이 있는 집에 구식 안마의자를 두는 위험한 짓은 할 수가 없죠. 다노이 부인은 그런 위험을 반드시 막아야 했던 겁니다."

"그래도 남편한테는 말할 수가 없었지⋯⋯." 나기사가 뒤이어 말했다. "남편이 상사한테 '딸애 목을 조를 수도 있어서 못 가져가겠습니다' 하는 식으로 말했다면⋯⋯. 상사가 '그럼 내가 자네 딸을 죽이려 들기라도 한다는 건가!' 그렇게 버럭 화를 낼 위험이 있고 말이지. 그렇게 극단적으로 치닫지는 않더라도 호의를 무시당하면 누구라도 기분 좋을 리 없으니까. 남편 회사 생활을 위해서라도 남편이 그런 생각을 못 하고 있었다면 굳이 얘기할 필요가 없었겠어."

"다노이 부인은 그렇게 생각했을 거야." 나가에가 이야기를 이어나갔다. "그러니 이제 할 일은 현관으로 의자가 안 들어 간다는 걸 남편이 확인하게 하고 그대로 의자를 버리게 하는 것. 원래라면 상사가 부담해야 할 폐가전 회수 비용을 자기들 이 내야 했지만 출세를 위해 필요한 비용이라 생각하기로 했 을지도 몰라. 그렇게 보면 다노이 부인은 남편이 부품까지 빼 가면서 의자를 들이려 할 거라고는 생각 못 했을 거야. 만약 의자를 문제없이 넣었다면 그때는 사실대로 말하고 의자를 버리는 쪽으로 상황을 몰아갔겠지. 결과적으로는 남편이 의 자를 망가뜨려서 자기가 뭐라고 말하기 전에 버릴 수밖에 없 게 됐지만. 행운이 따라줬다는 건 바로 그 부분이야. 사실대로 말했다면 남편은 회사에서 체면 좀 차려보겠다고 딸을 위험 에 처하게 할 뻔했다며 속상해했을 테니까."

"그래도, 어깨 결림은 여전했지." 나기사가 이야기를 마무리 짓기 위해 끼어들었다. "애매하게 안마의자 꿈을 꿔버린 바람 에 다노이 부인도 어떻게든 안마의자를 마련하고 싶어졌어. 딸 나쓰나에게도 위험하지 않은 최신 기종으로. 그리고, 다노 이 부인은 남편의 회사 생활과 딸의 안전을 지키고 자신의 어 깨 결림까지 낫게 해줄 방책을 찾아냈지. 안마의자가 현관으로 들어가지 않는다는 사실을 묵인하는 것."

나기사가 설명을 마치자 우리 세 사람 사이에 침묵이 내려앉았다.

나는 그저 놀라울 뿐이었다. 다노이 씨 집에 갔을 때 봤던 안마의자. 그 의자에 그런 뜻이 숨어 있을 줄이야. 다시 떠올려보니 그 실패담을 이야기해 준 건 그 집 아빠였다. 속사정을 아는 나쓰나 엄마였다면 "어깨 결림이 심해서 샀어." 하는 정도로 얘기를 끝냈으리라. 사건의 경위를 설명하면 자칫 남편이 진실을 알아차리게 될 우려가 있으니.

나는 지인의 깊은 뜻에 놀라는 동시에 나가에의 명석한 두뇌에 다시 한번 감탄을 금치 못했다. 예전부터 이 나가에라는 남자는 아무도 눈치채지 못한 사소한 위화감을 잘도 짚어내 그로부터 진실을 밝혀내는 게 특기였다. 그건 10년이 지난 지금도 여전했다. 아니, 더욱 예민하게 갈고 닦인 것 같았다. 역시 대학 시절부터 '악마에게 영혼을 팔아 뛰어난 두뇌를 샀다'라는 말을 들었던 인물다웠다.

"그 정도는 괜찮지 않을까?" 나가에가 말문을 열었다. "다노이 씨 부부가 결혼 몇 년차에 아이를 가졌는지는 몰라도 아이가 유치원 상급반이 됐을 무렵에는 필요한 가구나 가전제품은 거의 갖춰져 있었을 거야. 가구를 새로 사야 하는 시기까지는 아직 시간이 있었을 테고, 맨션 대출금을 갚아야 하긴 했지만 정기 보너스는 받아도 막상 딱 이거다 싶은 쓸 곳은 찾기 어렵잖아. 들어보니 맞벌이 부부 같은데, 그럼 안마의자 한두 개 정도 사도 아무도 뭐라 할 사람 없지."

나가에는 손을 뻗어 젓가락으로 두껍게 썰린 로스트비프를 집었다. 그리고 입에 넣고 호쾌하게 씹었다.

"다노이 부인이 선택을 아주 잘하신 거지."

쌀소주 × 연어 술지게미 절임

하루씩
차이 난다

"오호! 여기가 너네 집이란 말이지?"

우리 집에 발을 들이자마자 나가에 나기사가 기묘한 탄성을 내질렀다.

"좀 지저분한데 이해해."

나, 후유키 나쓰미가 나가에 가족을 집 안으로 안내했다.

"어서 오세요."

남편 겐타가 식탁에 식기를 늘어놓으며 말했다.

"실례하겠습니다."

나가에 다카아키가 가볍게 인사했다. 그 뒤를 따르는 작은

하루씩 차이 난다

그림자는 외동딸인 사키.

아빠를 돕고 있던 내 아들 다이가 손을 멈추고 이쪽으로 다가와 인사했다.

"안녕하세요."

사키도 또래 아이가 나타나자 표정이 편안해졌다.

"안녕하세요."

"다이, 밥 먹을 때까지 사키랑 둘이 놀고 있어. 주스 마시고, 조금이라면 과자도 먹어도 돼."

"알겠어" 하고는 "이쪽이야." 하며 사키를 거실 창가로 데려갔다. 커다란 책장에는 만화책이 가득했다.

"이야, 장관이네요."

나가에가 감탄하자 겐타가 쑥스러운 듯 머리를 긁적였다.

"저희 부부 둘 다 만화책을 좋아해서요. 덕분에 다이도 읽고 있죠."

책장 옆에는 접이식 테이블이 펼쳐져 있고, 그 위에 페트병에 담긴 포도 주스와 함께 작은 봉지에 든 가키노타네柿の種*

● 쌀로 만든 과자의 일종으로 감의 씨앗(가키노타네)처럼 타원형이라 이런 이름이 붙었다. 술안주 과자로 유명하다.

가 놓여 있다.

나기사가 침통한 표정으로 고개를 절레절레 저었다.

"세상에, 가키노타네로 음주 영재 교육이라도 시키려고?"

"작게 포장된 과자가 가키노타네밖에 없었어."

사실을 말한 건데도 나가에 부부는 그저 웃기만 했다. 그래도 딸을 말리지는 않았고, 사키도 다이가 뜯어준 봉지 속 가키노타네를 아작거리며 먹었다. 그런 뒤에 책장 아래 칸에서 만화 단행본을 꺼내 보기 시작했다. 다이는 다이대로 다른 만화책을 꺼내 봤다. 모처럼 다시 만났는데도 둘은 별 대화도 없이 만화책만 봤다. 별로 좋게 보이진 않았지만, 이렇게나 많은 만화책을 앞에 두고 안 보는 아이들이 어디 있으랴.

"그럼 어른들은 어른들끼리 즐겁게 놀아보죠."

겐타가 손님들을 자리에 앉혔다. 우선 맥주로 건배부터 하자며, 캔 맥주를 따서 잔 네 개에 나누어 따랐다.

나와 나가에 부부는 대학 시절부터 친구 사이. 묘하게 죽이 맞아서였을까? 대학 시절부터 같이 술 마실 기회도 많았고, 졸업 후 취직하고 나서도 만나서 자주 한잔했다. 내가 결혼한 뒤에는 남편 겐타까지 넷이서 즐겁게 시간을 보냈다. 나가에가 미국에 직장을 잡아 일본을 떠나면서 모임이 잠시 뜸해졌지만, 그곳에서 태어난 사키를 데리고 귀국하면서 다시 예전의 술 모임이 부활했다.

"그러고 보니⋯⋯." 계속 만화만 보는 아이들을 보며 내가 말했다. "사키는 미국에서 태어났잖아. 근데 왜 '사키'라고 이름을 지었어? 별로 미국스러운 이름은 아니잖아."

"설마⋯⋯." 겐타가 몸을 내밀었다. "작가 '사키Saki' 이름에서 따온 건 아니겠죠?"

남편의 뜬금없는 질문에, 내가 물었다.

"사키라니?"

"사키라는 필명을 쓰던 영국 소설가야. 짧지만 강렬한 단편소설을 잘 써서 영미권에서는 오 헨리에 비견되지."

오 헨리라면 나도 안다.

"그렇군."

"나가에 씨라면 사키를 좋아할 것 같아서 나도 모르게 그런 생각을 하고 말았네."

겐타가 나가에를 가만히 바라봤다.

"아니요, 아무리 그래도, 그건 아닙니다."

나가에는 부정하면서도 기쁜 눈치였다. 굳이 '아무리 그래도'라고 말하는 걸 보니 겐타의 짐작대로 사키의 소설을 좋아하는 모양이다.

"실은 장모님 이름이 '사키에咲恵'여서요. 아이 외할머니 이름에서 '사키咲'라는 글자 하나를 따온 것뿐이에요. 장모님은 '사키코가 좋지 않니?' 하셨지만 요즘 애들 이름에 '코子' 자를 잘 안 쓰니 그냥 '사키'로 정한 거죠."

"그게 다는 아닐 텐데?" 나기사가 남편의 팔을 꼬집었다. "그것 말고 부끄러운 일화가 또 있잖아."

나는 무슨 말인지 이해 못 하고 있었는데 나가에가 말뜻을 이해한 듯 난처하게 웃었다.

"그게, 미국에서는 가운데 이름이란 게 있잖아요? 사키가 태어났을 때 병원 직원이 가운데 이름이 뭐냐고 묻더라고요."

아, 서양식 이름에서는 자주 가운데 이름을 쓰지. 하지만 아는 서양인이 없으니 주변에 가운데 이름을 가진 사람이 없었다. 아무리 머리를 굴려봐도 역사적 위인 이름 말고는 생각나는 이름이 없었다.

나가에가 긴 손가락으로 뺨을 긁적였다.

"갑자기 그렇게 물으니 뭐라고 대답해야 좋을지 모르겠더라고요. 그때 딱 떠오른 게, 서양에서는 아이한테 부모 이름을 많이 붙여준다는 거였어요. 근데 '나기사'는 서양 사람들 입장에선 발음하기 어려우니까요. 어떻게 할까 고민하던 중에 '나오미尙美'라는 우리 어머니 이름이 떠올랐죠. '나오미'란 이름은 서양에도 많이 있으니 바로 '나오미로 할게요'라고 해버렸습니다. 나기사 의견도 묻지 않고요."

"그런 연유로……." 사키 엄마, 나기사가 자랑스럽게 웃었다. "사키는 미국에선 '사키 나오미 나가에'야. 양쪽 할머니한테서 이름을 받았으니 정말 감사한 일이지 뭐야."

나기사는 말투가 다소 걸긴 해도 성격이 아주 순수하고 올곧다. 그저 솔직하게 어머니에 대한 감사의 마음으로 이름 한 자를 가져다 딸아이 이름을 지은 것이리라. 나가에도 마찬가지겠지. 부모의 애정과 감사의 마음이 딸아이 이름에 듬뿍 담겨 있었다.

"아하! 그런 거였군요." 겐타가 안심한 듯 말했다. "우리 집하고 똑같네요."

나가에가 눈을 깜빡거렸다.

"똑같다면?"

겐타는 열심히 만화를 보는 아들에게 시선을 보냈다.

"'다이'라는 이름도 아이 할아버지 이름에서 따온 거거든요."

"이 사람은 아들이 태어나면 꼭 자기 아버지 이름에서 따온 이름을 지어주고 싶다 그랬거든. 결혼 조건이었을 정도니까, 진심인 거지."

젠타가 머리를 긁적였다.

"젊은 시절에는 제법 반항도 했지만, 어른이 돼서 내 손으로 돈을 벌어보니 역시 아버지께 감사한 마음이 들어서요. 아버지 이름이 '다이스케大介'여서 아들 이름은 뭘로 하면 좋을까 나쓰미하고 이래저래 고민했는데, 결국 심플하게 '다이'로 정했습니다."

"우리 집보다는 능동적인데요!" 나기사가 감탄 섞인 어조로 말했다. "훈훈한 이야기네."

그런 이야기를 하던 중에 어느새 맥주잔이 비었다. 유리잔 한 잔 정도의 맥주는 금방 마셔버린다. 하지만 나도, 젠타도 맥주를 더 가져오려 하지 않았다. 맥주가 싫거나 해서가 아니다. 오늘 메인 테마는 따로 있었다.

우리의 술 모임은 안주에 맞춰 굴러갔다. 즉, 우연한 계기로 입수한, 또는 요리하려는 안줏거리에 맞춰 마실 술을 고르는 방식. 오늘의 안주와 최고의 궁합을 자랑하는 술은 맥주가 아니라는 뜻이다.

"가져왔어."

나가에가 발밑에 내려둔 아이스박스를 열고 밀폐 용기를 두 개 꺼냈다. 뚜껑 색이 각각 달랐다. 하나는 파란색, 하나는 빨간색.

나도 주방으로 가서 인원수대로 앞접시와 유리잔, 그리고 얼음을 준비했다. 겐타는 찬장에서 720밀리리터짜리 술병을 꺼내 왔다.

"이렇게 돼 있어." 그렇게 말하며 나가에가 파란 뚜껑 쪽을 열었다. 안에는 새하얀 페이스트 같은 것이 들어 있었다. 군데 군데 분홍빛 살점 같은 것이 언뜻 보였다. "연어 술지게미 절임이야."

이게 바로 메일로 말했던 그 음식이구나. 그렇다면 이 하얀 페이스트는 술지게미일 터. 젓가락으로 연어를 덜어 앞접시에 담았다. 겐타에게 그 접시를 건네고, 내 몫으로도 한 점 집었다. 나기사에게 젓가락을 넘기자 나가에 부부도 각자 한 점씩 연어를 덜었다.

"그럼 이쪽도." 겐타가 좀 전에 꺼내 온 술병을 집어들었다. 반투명한 병에 붙은 새하얀 라벨에 붓으로 심플한 새 그림이 그려져 있다. 새 그림이 상품명 로고의 일부였다. "요청하신 쌀소주입니다."

겐타는 그렇게 말하며 병을 땄다. 내가 잔 네 개에 얼음을 넣자 겐타가 바로 쌀소주를 부었다. 온더록스로 나가에 부부에게 건넸다.

나는 연어에 붙은 술지게미를 걷어내고 "그럼 맛을 볼까." 하면서 입에 넣었다. 처음에는 술지게미 향이 풍기면서 살짝 짠맛이 느껴졌다. 깨물자 연어의 독특한 감칠맛이 입안에 확 퍼졌다.

쌀소주도 한 모금. 고급스러운 쌀소주는 개운한 맛이 나서 마치 드라이한 긴죠슈吟醸酒● 같은 풍미였다. 원료가 같은 만큼 술지게미와의 조화도 기가 막혔다. 연어 지방의 느끼함을 깔끔하게 씻어내주어 입속에 깔끔한 끝맛이 남았다.

"음, 맛있다."

내 솔직한 감상에 이어 겐타도 "이거 괜찮네요." 하며 한마디 보탰다. "이런 건 어떻게 만들죠?"

"사실 아주 쉬워요." 쌀소주가 담긴 잔을 내려놓으며 나가에가 대답했다. "술지게미와 누룩소금, 사케를 거품기로 섞어 페

● 고급 사케의 상징과도 같은 술로, 시원하고 화사한 향, 섬세한 맛, 좋은 목 넘김이 특징

하루씩 차이 난다

이스트 상태로 만든 뒤에 생선회용 연어를 잘라 넣기만 하면 되거든요."

"그렇게 쉬운 거였어?" 나는 남편을 향해 고개를 돌렸다. "우리도 해보자."

그렇게 말하며 젓가락으로 손을 뻗었다. 그런데 그때 나기사의 목소리가 날아들었다.

"잠깐."

반사적으로 젓가락이 멈췄다.

"왜?"

"이쪽도 맛 좀 봐." 나기사가 수상쩍은 웃음을 지으며 빨간 뚜껑을 열었다. "자."

겉모습은 파란 뚜껑 쪽과 별 차이 없었다. 그래도 혹시 몰라 다른 젓가락을 준비해 마찬가지로 앞접시에 연어를 덜었다. 그리고 입으로 가져갔다.

"으음?"

나도 모르게 그런 소리가 흘러나왔다. 아까 먹은 파란 뚜껑 쪽 연어보다 소금 맛이 제대로 배어 있었다.

"그렇지?" 나기사가 몸을 확 들이밀었다. "어느 쪽이 더 좋아?"

나는 빨간 뚜껑을 가리켰다.

"빨간 뚜껑 쪽. 제대로 절여진 느낌이랄까."

"저는 파란 쪽이 더 낫네요." 겐타가 팔짱을 끼며 대답했다. "이 정도로 풍미가 은은해야 연어 맛도, 쌀소주 맛도 제대로 느낄 수 있는 것 같아서요."

"어휴!" 나기사가 머리를 싸쥐었다. "남자들은 하나같이 다 왜 이러냐……."

겐타가 눈을 동그랗게 떴다.

"그게 무슨 말씀이세요?"

겐타가 당황스럽다는 듯 자신을 쳐다보자 나가에가 쓴웃음을 지었다.

"실은, 절이는 시간에 차이를 뒀거든요. 파란 쪽은 하룻밤, 빨간 쪽은 이틀 밤 절인 거예요."

겐타는 휘둥그렇게 뜬 눈을 이제야 껌벅거렸다.

"굳이 두 종류로 만들었다는?"

"그게 말이죠." 나가에가 파란 쪽 연어를 덜어 먹으며 말했다. "저는 이 정도로 담백한 맛이 좋은데 아내는 간이 제대로 밴 게 낫다고 해서. 그래서 우리 집은 재운 지 하루 된 것은 제가, 이틀 된 것은 아내가 먹고 있습니다. 그렇게 만들어 먹

하루씩 차이 난다

다 보니, 늘 제가 먼저 먹는다며 치사하다고. 그래서 이번에 후유키네 의견을 들어보자는 얘기가 나왔죠."

"그렇군요." 겐타는 이제야 이해된다는 표정이었다. "근데 우리 집에서도 똑같은 결과가 나왔다는 거네요."

"뭔가 이상해." 나기사가 얼굴을 찡그렸다. "보통 남자들 쪽이 어린애 입맛이라 짭짤한 걸 더 좋아하고 그러지 않아? 그런데 이 남자들은 정말이지……."

아차. 겐타한테 먼저 소감을 말하게 하고 나도 파란 쪽을 골랐으면 더 재미있었을 텐데! 하지만 아쉽게도 빨간 쪽이 더 맛있다고 말해버렸다. 뭐, 실제로 간이 제대로 배서 더 맛있었고, 내가 어린애 입맛인 것도 사실이니까.

"그럼 나가에 씨가 먼저 먹는 날, 나기사 씨는 뭘 드세요?"

겐타의 질문에 나기사가 진지하게 대답했다.

"아주 가벼운 안줏거리들이요. 오징어 진미채나 가오리 지느러미 같은 거."

"그럼 다음 날 나가에 씨도 비슷하게 드시겠네요."

"그렇죠."

굳이 다른 안주를 만들지 않고 건어물로 적당히 때우다니. 그만큼 이 집 사람들이 연어 술지게미 절임을 중요하게 여긴다는 뜻이리라.

"근데 역시 나가에네는 뭐가 달라도 다르네." 내 말에 부부가 나란히 무슨 뜻인지 잘 모르겠다는 의아한 표정을 지었다. 나는 곧바로 설명했다. "결국 나가에는 아내를 위해 하루 더 기다리지 않고 자기가 제일 맛있다고 생각할 때 연어를 먹어 버리잖아? 나기사 너는 남편이 먹는 걸 꾹 참고 있다가 마지막 타이밍까지 기다리고."

"우린 서로의 판단을 존중해 주는 것뿐이야."

나가에가 태연하게 대답했다. 전혀 망설임이 없었다.

한쪽이 하루 뒤에 움직인다. 부부가 그렇게 따로라니, 일견 이상해 보이지만 사실 아주 합리적이었다.

……그랬다.

문득 어떤 기억이 하나 떠올랐다. 행동이 하루씩 차이 나는 이야기를 어디선가 들은 적이 있었다. 그렇다는 걸 깨달은 순간, 벌써 기억이 떠올라 있었다.

"아, 그거군." 갑작스러운 내 말에 어른들의 시선이 내쪽으로 몰렸다. "아, 그게, 전에 쌍둥이가 하루씩 차이 나게 행동한다는 이야기를 들은 적 있어서."

"쌍둥이가 하루씩 차이 나게 행동해?" 나기사가 내 말을 반

하루씩 차이 난다

복했다. "뭔 말이야?"

나는 거실 안쪽에서 열심히 만화를 보고 있는 아들 쪽으로 시선을 보냈다.

"다이네 초등학교에는 6학년이 1학년을 돌보는 시스템이 있거든. 둘씩 짝을 지어서. 다이가 입학해서 짝이 된 게 그 쌍둥이 중 하나였어. 이름이 히와타리 교코日度香子였지, 아마?"

"아니야." 저 멀리서 목소리가 날아왔다. 다이가 만화책에서 눈을 떼지 않고 말을 이었다. "내 짝은 게이코桂子 누나였어. 교코 누나는 갓짱과 짝이었는걸."

"그랬나?"

다이가 1학년 때의 일이라 기억이 가물가물했다.

"교코와 게이코?" 나기사의 눈이 빛났다. 뭔가 알아차린 모양이었다. "이름 한자가 뭔데?"

"그게, 향차香車와 계마桂馬*라고나 할까. 교코는 '향기香', 게이코는 '계수나무桂'를 썼으니까."

"역시나 그렇구나." 자기 예상이 맞았다는 듯 나기사가 크게

• 일본 장기의 말 종류. 향차는 직진만 하는 말, 계마는 앞으로 두 칸이나 좌우로 한 칸 이동하는 말

고개를 끄덕였다. "부모님이 장기를 좋아하셨나?"

"직접 물어보지는 않았지만 아마 그렇지 않을까? 아무튼 애들이 아주 야무졌어. 초등학생이라고 생각 안 될 정도로."

"1학년인 다이 시선에서 봐서 그랬던 거 아니야?"

당연한 의견이었지만 나는 고개를 가로저었다.

"아니, 그게 그렇지가 않았어. 학부모 수업 참관일이나 운동회 때 다른 6학년 애들을 봤는데, 그 쌍둥이가 훨씬 더 철이 들었더라고. 초등학생답지 않게 어른스럽고. 늘 서두르는 걔들 엄마하고 대조될 정도였어."

"그 점은 부모를 안 닮았나?" 나기사는 그렇게 말하다 고개를 가로저었다. "아니지, 아빠를 닮았을지도 모르니까, 단언은 못 하겠다."

"애들 아빠 쪽은 만난 적이 없네." 내가 대답했다. "출장이 많은 일이라고 수업 참관일이나 학부모 모임 때는 늘 엄마만 나왔어. 그 엄마, 늘 바쁜 듯 보이는 사람이었는데. 행사 때는 시작하기 직전에 오고, 모임 끝나면 얘기 나눌 새도 없이 곧장 돌아가고. 그래서 더 기억에 남았어. 뭐, 같은 학년은 아니라 부모보다는 쌍둥이 애들이 더 눈에 들어왔지만."

"그건 그랬겠다."

하루씩 차이 난다

"다이가 돌봄을 받는 쪽이니까 짝이 된 상급생이 야무지고 성실하면 더 바랄 게 없잖아. 그래서 얼마나 도움이 됐는지 몰라. 짝은 출석번호대로 기계적으로 정해진 건데. 운이 좋았어."

"근데 하루씩 차이가 났다니, 뭐가 어떻게 차이가 난 건데?"

나기사가 이야기를 재촉했다.

"학원."

그렇게 대답한 나도 설명이 부족하다는 건 알고 있었다. 역시나 눈치 빠른 나가에 부부도 잘 모르겠다는 표정이었다.

"다들 그랬지만, 그 아이들도 학원에 다녔어. 쌍둥이기도 하고, 성장 속도도 비슷해서 늘 같은 학원에 다녔지."

"쌍둥이래도 각자 취향이 있을 거 아니야. 굳이 똑같은 거 안 배워도 되지 않나?"

나기사가 영 이해가 안 된다는 듯 말했다.

"아니." 나는 손을 살살 내저었다. "부모가 억지로 똑같은 걸 배우라고 한 건 아니라더라고. 두 애한테 '이런 게 있는데 해볼래?' 했더니 둘 다 '해볼래.' 해서 그랬다나? 일일 체험 같은 걸로 시험 삼아 해본 뒤에 같이 시작한 거니까, 취향이 비슷한 쌍둥이었을지도 모르지."

"그렇군. 참, 다이는 학원 뭐 다녀?"

"보습 학원이랑 축구, 어린이 과학 교실."

"어머." 나기사가 만화를 보는 아이들에게 눈길을 보냈다. "우리 애도 어린이 과학 교실 다니는데. 영어 회화도 일단 다니고 있고."

"영어 회화요?" 겐타가 의아한 얼굴을 했다. "영어는 그냥 하지 않아요?"

"그래서 보내는 거예요." 나기사가 엄마다운 얼굴로 대답했다. "저쪽에서는 무리 없이 했지만, 이 나이 애들은 점점 잊어버리니까요. 조금이라도 덜 잊어버리라고 보내는 거죠."

"아하!"

겐타가 내 쪽을 바라봤다. 눈으로 '우리 다이도 영어 회화 학원 보내는 게 좋을까?' 하고 물으면서. 나는 보낼 필요 없다는 쪽이었지만, 어쨌든 나중에 찬찬히 상의해 보자 싶었다.

"아무튼 쌍둥이는 피아노랑 수영을 배웠어. 아주 평범한 선택이었지만 배우는 방식이 좀 특이해서…… 둘이 같이 배운 게 아니라 굳이 다른 요일에 다녔어. 정확한 날짜는 기억이 안 나는데, 예를 들면 피아노는 교코가 월요일, 게이코가 화요일, 수영은 게이코가 수요일, 교코가 목요일, 그런 식으로."

"흐음." 겐타가 팔짱을 꼈다. "클래스별로 요일이 달랐던 거

하루씩 차이 난다

아니야? 수영 교실은 특히 아이들 실력에 따라서 반을 나누잖아. 평영반, 배영반 하는 식으로. 두 아이가 실력 차이가 있어서 그렇게 된 거 아닌가?"

그러고 보니 이 이야기는 남편한테 한 적이 없었다. 뭐, 식탁에 둘러앉아 할 얘기도 아닌 데다 나도 잊고 있었으니까.

"아니, 그런 게 아니었어. 본인들이 아니라 다른 사람한테 전해 들은 건데, 실력은 똑같았대. 같은 수강 코스를 일주일에 두 번 해서 그 교실을 고른 거라고. 그리고 수영은 실력 차이로 설명할 수 있을지 모르지만, 피아노는 그렇지 않잖아. 개인별 레슨이니 실력이랑 상관없지."

"위치는 어땠는데?" 이번에는 나기사가 입을 뗐다. "걸어서 갈 수 있는 가까운 거리에 학원이 없는 경우도 있잖아. 우리도 사키 영어 회화 학원은 차로 데려다주고 있고 말이지. 자전거로도 가려면 가겠지만, 아직 초등학교 2학년인 애를 혼자 보내는 것도 무섭고. 과학 교실은 전철로 20분이나 걸려."

이 질문에는 쉽게 답할 수 있었다. 학원에 대해서는 이것저것 조사한 게 많았으니.

"두 곳 다 차로 데려다줬어. 수영은 전철로 두 정거장 떨어져 있는 스포츠 센터였고, 피아노는 집에서 가까운 역 부근에 있긴 했는데 집 기준으로 역 반대편이라 좀 거리가 있었고."

나기사가 더더욱 이상하다는 듯 눈살을 찌푸렸다. "그럼 한 번에 둘을 데려다주고 데려오는 쪽이 합리적이네. 애 엄마가 늘 바쁜 사람이라면 말할 것도 없고. 근데 왜 그렇게 나눠 보냈을까?"

"그뿐만이 아니야." 나는 말을 이었다. "둘 다 보습 학원에 다녔거든. 동네에 있는 공립 중학교가 평이 그리 좋지 않아서 공부시켜서 사립에 보내려고 그랬다는데. 문제는 둘이 다른 학원에 다녔다는 거. 물론 두 학원 다 중학교 입시로 유명하긴 했지만, 애초에 따로따로 다녔어."

"뭐?" 나기사가 목청을 높였다. "그렇게까지 말한 걸 보니 물론 요일도 달랐겠네."

"응. 6학년은 주 3일로 다니는가 본데, 교코는 월수금, 게이코는 화목토, 그런 식으로."

"그 쌍둥이는 성적도 비슷했을 테지 아마." 겐타가 앞질러 한마디 했다. 성적이 달라서 다른 학원에 다닌 건 아니었을 거다, 그런 말을 하고 싶은 모양이었다.

나는 고개를 끄덕였다. "맞아. 결국 둘 다 고토쿠대학부속여자중학교에 합격했어. 상당히 수준 높은 학교야. 이 동네에서 통학하기도 쉽고."

"그렇구나." 남편은 별로 흥미 없다는 반응이었다. 다이가 남자아이라 여학교에는 아예 관심이 없는 것이다. 공학이나 남학교는 틈만 나면 알아보고 있지만.

"이미 예상했겠지만, 두 아이가 다닌 학원은 둘 다 대형 학원이었어. 대형 학원은 이 근처 역 주변에는 없어. 수영 교실 있는 스포츠 센터하고 같은 역에 있지. 거기 있잖아, 다이 다니는 학원 근처."

보습 학원이나 입시 학원은 같은 지역에 모이는 경향이 있다. 다이가 다니는 학원도 중학교 입시로 유명한데 쌍둥이가 다녔던 학원 바로 근처에 있다. 그렇게 설명하니 겐타도 짚이는 게 있는 모양이었다.

"아하, 그 숙제 많이 내준다는 학원이랑 열혈 지도 내세우는 학원? 둘 다 다이한테는 잘 안 맞는 것 같아서 일부러 안 골랐잖아."

"맞아. 초등학생들 다니는 학원인데도 밤늦게까지 하잖아. 우리처럼 차로 데려다주고, 데려오고 했을 거야."

"그럼 더더욱 둘이 같이 다니는 게 좋았을 텐데." 나기사가 공중을 가만히 응시했다. "근데 왜 굳이 그렇게 귀찮은 방식을 선택했을까?"

"이상하지? 엄마들 사이에서 제법 화제가 됐는데 그 엄마가 워낙 바쁜 분위기라 붙잡고 물어볼 수도 없었고, 그러는 사이에 그 애들이 초등학교를 졸업해 버리는 바람에 결국 알아내질 못했어."

"따로 연락은 안 해?"

"응. 동네 공립 중학교에 다니는 것도 아니라 이 근방에서 볼 수도 없거든. 운동회에 졸업생으로 놀러 온 적도 없고. 이제는 아예 만날 일 없어졌지 뭐."

나는 이야기를 마치고 쌀소주를 마셨다. 간간이 연어 술지게미 절임도 집어 먹으면서. 물론 빨간 뚜껑 쪽의 연어로. 나가에 부부의 걸작 술안주 덕에 아주 오래된 일까지 떠올리게 됐다. 그때만 해도 다이가 초등학교에 갓 입학했을 때라, 우리 집 일만으로도 정신이 하나도 없어 남의 집 사정까지 신경 쓸 겨를이 없었다. 지금 와서 생각해 보니 참 이상한 일이었다. 그래서 뭐가 어떻다 하는 건 아니지만.

그러나 이 술 모임 멤버들은 이야기를 그냥 끝낼 마음이 없었던 모양이다.

겐타가 찌푸린 얼굴로 말했다.

"그냥 한번 물어보는 건데……."

"뭐를?"

"그 쌍둥이는 사이가 어땠으려나? 형제자매라는 게 아주 사이가 좋기도 하고, 사이가 꽤 나쁘기도 하잖아. 쌍둥이라면 나이도 같고 얼굴도 같으니까, 서로 비교 대상도 될 거고. 보통형제자매들보다 서로를 의식할 것 같은데."

"맞아요." 나기사가 맞장구를 쳤다. "얼굴이 똑같으니 뭐든지 비슷하게 하려는 쌍둥이도 있고, 얼굴 빼고는 전부 다르게하려는 쌍둥이도 있죠."

겐타는 나기사가 거들자 만족스럽게 고개를 끄덕이더니, 다시 내 쪽으로 얼굴을 돌렸다.

"사실은 쌍둥이들 사이가 너무 안 좋아서 아이 엄마가 어쩔수 없이 나눈 거라든가, 의외로 그런 사정이 있었던 거 아닐까?"

그야말로 겐타다운, 정직한 해석이었다. 그만큼 설득력도 있었다. 하지만 나는 고개를 가로저었다.

"아니, 둘 사이는 나쁘지 않았어. 수업 참관일 같은 날 학교에 가서 봤는데, 쉬는 시간에 교정에서 같이 놀던걸? 학원 가는 요일을 나눌 정도로 사이가 나빴으면 학교에서 다른 친구

하고 놀았겠지. 뭣보다 그렇게 사이가 안 좋았으면 굳이 입시까지 치르면서 같은 중학교에 가진 않았을 거야."

"하긴, 그건 그러네."

겐타는 이해가 된 듯 좀 전에 폈던 주장을 슬그머니 거뒀다. 그런데 나기사가 끝까지 물고 늘어졌다.

"아니, 사이가 꼭 나쁘지 않아도 따로 하고 싶을 수 있어. 쌍둥이니까 서로를 의식하는 건 당연한 일이고, 사이가 좋으면 오히려 우열을 가리는 상황을 피하고 싶지 않을까? 뭘 배우거나 학원에 다닐 때도 그래. 아무리 같은 유전자를 가졌다 해도 어쨌든 차이가 나게 돼 있으니까. 두 아이 사이에 틈을 만들지 않으려고 일부러 학원을 따로 다니게 한 걸지도 몰라."

"과연 그럴까?" 옆에서 나가에가 반론을 제기했다. "그럼 아까 나쓰미가 말했던 것처럼 같은 중학교에 가지는 않았을 것 같은데. 도쿄에는 표준 점수가 비슷한 학교가 널려 있을 정도야. 물론 교풍이나 교육 방침 같은 면에서 그 중학교가 가장 적합했을지도 모르지만, 같은 중학교에 들어가면 둘의 차이가 더 극명해질 텐데? 서로 다른 학교에 다니게 하는 편이 교과서도 다르고, 단순히 등수로 비교되는 일도 없어 좋지."

나기사가 차마 반론하지 못하고 입을 다물었다. 얘는 결혼

하루씩 차이 난다

하고 나서도 여전히 남편하고 경쟁 모드다.

겐타가 이야기를 정리했다.

"사이는 좋았다. 서로 비교당해도 별로 신경 쓰지 않았다. 둘이 그런 사이였다는 거네. 그럼 그렇게 나눠 다닌 건 본인들 뜻이 아니라 부모 생각이었던 건가?"

"그렇게 되겠네요." 말로는 동의하면서도 나기사는 도무지 수긍할 수 없다는 얼굴이었다. "딸 하나 키우기도 힘든데 둘, 그것도 같은 나이. 고생은 제곱. 남편이 잦은 출장 탓에 육아에 별로 관여하지 못하는 상황이라면 더더욱 수고를 덜고 싶어지는 게 엄마 마음인데. 굳이 수고스러운 일을 늘려야 할 이유를 모르겠네."

엄마다운 의견이다. 나 역시 엄마 입장이라 절대 동의했다.

엄마의 진짜 마음을 듣게 된 겐타도 이해된다는 표정이었다. 겐타도 평일에는 다이가 깨어 있는 동안에 퇴근을 못했다. 자신 역시 별로 육아에 참여하지 못한다는 자각에 나기사의 의견이 설득력 있게 들렸을 터였다.

"그러면 역시 아이들이 원했던 걸까요?" 겐타가 잔을 집어 들었다. 남은 쌀소주를 다 마시고 잔에 얼음을 더 넣었다. 그리고 다시 쌀소주를 따랐다. "실은 별것 아닌 이유로 그랬을

지도 모르겠네. 집에 게임기가 하나밖에 없어서 늘 서로 하겠다고 싸웠던 거야. 그래서 학원을 따로 다니면서 한쪽이 집에 없을 때 남은 한 명이 실컷 게임을 한다든지.”

“말도 안 돼!”

두 엄마가 동시에 소리 높여 항의했다.

“그런 이유로 부모가 그 고생을 하는 게 말이 돼?”

“게임기를 한 대 더 사는 게 훨씬 낫죠.”

겐타가 게임하겠다고 난리를 피우기라도 한 듯 면박을 주고 말았다. 기세에 눌린 듯 겐타의 상체가 휘청 뒤로 넘어갔다. 겐타는 도움의 손길을 구하듯 나가에를 쳐다봤다.

“대체 어떻게 된 일일까요.”

파란 뚜껑 속 연어를 집어먹고 있던 대학교수가 젓가락을 놓고 고개를 들었다.

“그러게 말입니다. 쌍둥이가 학원을 하루씩 차이 나게 다닌 이유…….” 나가에는 잔을 들어 쌀소주를 한 모금 들이켰다. “그건 쌍둥이가 야무졌기 때문일 겁니다.”

좁은 우리 집에 침묵이 내려앉았다.

아이들은 계속 묵묵히 만화를 보고 있고, 지금까지 수다를 떨던 어른들은 모두 입을 다물어버렸으니 말이다. 이유는 간단하다. 나가에의 말뜻을 알 수 없었기 때문이다.

"⋯⋯요스코." 나기사가 침묵을 깼다. "그게 무슨 뜻이야?"

나기사는 뭔가가 마음에 안 들면 남편을 요스코라고 부른다.

"무슨 뜻이긴." 나기사의 남편이 당연하다는 듯 대답했다. "그 쌍둥이는 초등학생이라고 생각 안 될 정도로 야무지다면서? 그러니까 그렇지."

"이해 안 돼." 나는 그 즉시 대꾸했다. "설명해 봐."

"그러니까⋯⋯." 나가에는 잠시 생각을 정리하는 듯 천장을 올려다봤다. 그러곤 곧 시선을 바로 했다. "먼저 아까 얘기가 나왔던, 학원들을 따로 다닌 게 부모 의사인지 본인들 의사인지, 거기서부터 시작해 볼까. 좀 전에 그 얘기를 할 때 나기사가 군이 수고스러운 일을 늘릴 리 없다고 해서 그렇게 결론이 났지."

"그래, 내가 그랬다."

나기사가 퉁명스럽게 대답했다. 나가에는 그런 아내를 다정한 눈빛으로 바라봤다.

"그건 일리 있는 생각이야. 내가 교육 기관에 몸담고 있어서 하는 말이 아니라, 입시 학원마다 제각기 개성이 있어. 교육

내용을 차별화해야 하니 커리큘럼, 시험 방식은 물론이고 숙제 내용도 달라. 쌍둥이 부모 입장에서는 전혀 다른 방식의 학원을 두 번씩 대응해야 하는데 그건 너무 힘들잖아. 차라리 같은 학원에 보내서 수험 준비를 하는 편이 훨씬 수월하고, 아이들 입시에도 도움이 되지. 그런데 쌍둥이의 부모는 그렇게 하지 않았어."

"그러니까 이상하다는 거 아니야."

내가 투덜거리자 나가에는 순순히 고개를 끄덕였다.

"이상하지. 근데 실제로 쌍둥이네 엄마는 그렇게 했어. 자, 여기서 사고의 관점을 바꿔보자고. '그럴 필요 없는데 불합리한 행동을 하고 있다. 그러니 부모 의사가 아니다' 그렇게 생각하는 게 아니라, '불합리한데도 굳이 그렇게 하고 있다. 그런 선택을 할 수밖에 없는, 어쩔 수 없는 사정이 있을 것이다' 그렇게 생각을 해야겠지."

"사정……."

"그래. 아까 겐타 씨가 말한 대로야. 학원을 다른 날짜에 다니게 한 건 아이들이 아니라 부모 사정 때문이야. 부모 쪽에 꼭 그렇게 해야 하는 사정이 있었던 거지. 그렇지 않았으면 그렇게 귀찮은 일을 했을 리가 없으니까."

하루씩 차이 난다

"그 사정이라는 게 대체 뭘까요?"

젠타가 가만히 묻자, 나가에가 미소를 지어 보였다.

"실은 젠타 씨도 아마 같은 생각을 하고 계실 겁니다. 아까 젠타 씨가 게임기 이야기를 꺼내셨죠?"

"네."

젠타가 짧게 대답했다. 그의 가설은 엄마 부대에 의해 단칼에 격퇴당했다.

"한 명이 학원에 간 사이에 다른 한 명이 게임을 즐긴다. 바로 떠올릴 수 있는 그림이라 나기사랑 나쓰미도 반박한 겁니다. 근데 이 의견을 좀 더 파고들어 볼까요? 한 명이 학원에 가고, 또 한 명은 시간이 빈다. 이건 쌍둥이가 다른 행동을 한다는 뜻이 되지 않나요?"

"그렇죠." 젠타가 진지한 표정으로 대답했다. 나가에의 의도를 파악하려는 듯이. "그럼 나가에 씨는 이렇게 말씀하고 싶으신 걸까요? 쌍둥이란 같은 환경에 놓이는 게 당연하다. 그런데 히와타리 자매의 부모는 일부러 딸들을 다른 환경에 두려고 했다."

"두 아이를 나눈다……." 혼잣말처럼 중얼거리던 나기사의 얼굴이 굳어졌다. "설마……."

나기사의 긴장한 목소리에 내가 반응했다.

"왜 그래?"

술을 마시는 중인데도 나기사의 얼굴이 창백했다.

"두 사람 같이 행동한다는 건 늘 같은 장소에 있다는 뜻이잖아. 요즘 세상이 얼마나 무섭니. 애들 안전에는 각별히 신경을 쓸 수밖에 없잖아. 우리 집도 차로 학원에 데려다줄 정도고."

"아!"

목에서 그런 외침이 흘러나왔다. 나기사의 설명에서 불길한 기운이 느껴졌기 때문이다. 자기 마음이 전해진 것을 알았는지 나기사는 목소리를 낮추었다. 마치 아이들이 대화를 듣지 못하게 하려는 듯이.

"혹시라도 사고나 범죄에 휘말린다면…… 둘이 같이 있으면 둘 다 위험에 처하잖아. 그러니 한쪽이라도 보호하려고 한 거 아닐까?"

나는 침을 꿀꺽 삼켰다.

"그럼 애들 엄마가 위험에 대비하려고 두 아이를 나눠 보냈다는 거야?"

취할 정도로 마신 것도 아닌데 어지러웠다. 위험 대비라니, 좋은 말처럼 들리지만 그건 두 아이 중 한쪽은 위험에 처해도

하루씩 차이 난다

어쩔 수 없다고 생각한다는 뜻. 하나라도 살리면 된다. 부모가 자기 자식에 대해 그런 식으로 생각했다는 말인가?

"무슨 말도 안 되는 소리를!"

나가에가 나기사의 이마에 살짝 꿀밤을 줬다. 웬일로 엄한 표정을 하고 있다.

"그럴 리가 있겠어? 쌍둥이를 따로 학원에 보내면 부모인 자신도 한쪽을 따라가야 해. 그럼 자연히 한 명이 혼자 남게 되지. 오히려 더 위험하잖아? 위험 대비고 뭐고 할 수 있을 리가 없지."

나기사가 이마를 문지르며 눈을 깜박였다.

"하긴, 그러네."

나도 어깨에서 힘을 뺐다. 부모가 자식을 버린다는 가설이 틀렸다는 걸 알았기 때문이다.

"그럼 부모 사정이라는 게 대체 뭘까."

"음……." 나가에는 난감한 얼굴로 쌀소주를 마셨다. "데이터가 너무 부족해서 결국 상상력을 발휘할 수밖에 없지만. 내가 가설의 시작으로 삼은 건 쌍둥이의 이름이야."

"교코와 게이코였지." 나기사가 대답했다. "그 장기 말 같은 이름이 왜?"

"장기를 좋아하면 그런 이름을 지어도 이상하지 않지. 여자아이 이름으로도 제법 괜찮고. 그래도 '왕王', '비차飛車·각角', '금은金銀' 같은 장기 말 이름을 쓸 수는 없지. 남은 건 그나마 '보步'를 가지고 '아유미'*라고 짓는 정도겠지만, 하고많은 장기 말 중에서 굳이 일개 병졸을 아이 이름으로 쓰긴 좀 그렇지."

"'나리킨成金'**은 더더욱 안 되겠죠."

겐타가 쓸데없는 말을 덧붙였다. 같은 생각을 하고 있었는지 나가에가 재미있다는 듯 웃었다. 아재들 같으니라고.

나가에가 다시 표정을 갈무리했다.

"일견 그럴듯했지만 뭔가 마음에 걸렸어. 간단히 말해서 '부모가 자식한테 장기 말 이름을 붙일까?' 하는 의문이 들었지. 장기 말이란 누군가의 의도대로 움직이고 사용된다는 뜻을 갖고 있잖아. 아이의 장래를 담는 이름으로는 어울리지 않는 게 아닐까 싶었지."

"엇, 그래도……." 뜻밖의 의견에 당황했지만 나는 반론을

---

* '步'는 일본어로 '아유미' 이름으로 많이 쓰인다.
** 일본 장기 용어로, 낮은 지위의 말이 적진에 들어가 힘센 금장金將 말처럼 높은 지위를 얻어 움직일 수 있다는 뜻이다. '벼락부자'라는 의미로도 쓰인다.

폈다. "실제로 그렇게 이름을 붙였잖아."

"그러게나 말이야." 나가에는 동의하면서도 반대했다. "한 가지 더 있어. 이쪽도 마찬가지로 다소 억지스러운 생각이긴 한데, 두 아이 이름에 '코ㅋ'가 들어가 있잖아? 지금도 반에 한 두 명 정도 있긴 하지만, 반대로 말하면 그 정도밖에 없을 정 도로 요즘은 이름에 잘 넣지 않는 글자야. 우리 집만 해도 '사 키코'라고 짓지 않았으니까. 물론 부모의 취향도 반영되니 단 정 지을 수는 없지만, 이 두 가지 점에서 상상해 볼 수 있는 게 있어."

"……아아, 그렇구나." 바로 이해한 사람은 겐타였다. "이름 을 지은 사람이 조부모였다는 거군요?"

나가에가 고개를 끄덕였다. "그럴 가능성이 클 겁니다. 우리 집도, 겐타 씨와 나쓰미도 조부모 이름에서 글자를 따서 아이 이름을 지었죠. 조부모 의향이 아니라 저희 판단으로요. 하지 만 조부모가 직접 손자들 이름을 짓고 싶어 하는 경우도 드물 지는 않죠."

"아, 그렇구나." 나기사도 나가에의 말뜻을 이해한 모양이었 다. "장기를 좋아했던 건 할아버지였겠군."

"그럴 수 있지." 나가에가 다소 조심스러운 어조로 동의했다. "솔직히 이런 일에는 권력 관계가 존재하잖아. 아이가 태어났을 때, 조부모 쪽에서 어떤 의견을 제시하면 아예 무시하기 어려우니까. 분가해 살면 흘려들을 수라도 있지. 근데 같이 산다면? 같이 사는 부모가 좋은 뜻을 가득 담아 이름을 제안해 오면 무시할 수 없지 않을까. 지나치게 이상한 이름이 아니면 거절하기도 힘들고."

"히와타리 자매가 조부모와 같이 살았다는 거구나." 나기사가 한 번도 만난 적이 없는 가족을 상상해 가며 말했다. "그렇다면 더 이상한데. 학원을 요일로 나눠 보내야 하는 사정이 있으면 조부모 쪽에 부탁하면 될 일이잖아. 요즘은 핵가족이라 조부모가 육아를 돕는 일이 줄었지만 같이 사니 도와주기도 쉬울 텐데."

"그 반대일 수도 있지." 나기사의 남편이 곧바로 대답했다. "조부모 상황에 따라서는 그럴 여유가 없었을지도."

"앗!" 겐타가 큰 소리로 외쳤다. 깜짝 놀란 아이들이 이쪽을 쳐다봤지만 겐타는 그것도 못 알아차린 듯 말을 이었다. "설마, 간병 때문인가요?"

나가에가 안타깝다는 듯 고개를 끄덕였다.

"전 그렇게 생각합니다. 자매들 엄마가 항상 바쁘다고 했잖

하루씩 차이 난다

아요. 학부모회에도 서둘러 와서 서둘러 돌아갔다는 건 바빠 보였다는 게 아니라 정말로 바빠서 그랬던 걸 겁니다. 게다가 남편은 출장이 잦아서 집에 없었고요. 그래도 아이들 교육은 중요하죠. 피아노나 수영은 그렇다 치고, 장래를 결정할 중학교 입시인데 학원은 안 보낼 수가 없죠. 중학교 입시는 아이들 본인보다 부모 의사로 결정하는 경우가 많은데, 자매들 엄마의 가치관으로는 절대 양보할 수 없는 부분이었다고 생각해도 좋을 겁니다. 나기사 말대로 아이들 조부모의 도움이 필요한 상황인데 실제로는 도움을 받지 못했고요. 눈에 넣어도 아프지 않을 손녀들을 위해 팔을 걷어붙이지 못했다. 그건 돕고 싶지만 도저히 도울 수 없는 상황 탓이 아닐까, 그런 생각이 들었습니다."

여기까지 와서야 나는 나가에가 무슨 이야기를 하고 싶어 하는지 이해했다.

"그러니까 우리 나가에 교수님은 한 명이 학원을 가고 나머지 한 명이 시간이 비었다는 점에 주목한 거네. 즉, 쌍둥이 중 한 명은 집에 있었다는 뜻이지? 둘 중 하나가 집에 있으면 할머니 할아버지한테 무슨 일이 생겨도 바로 대응할 수 있을 테니까."

"원래라면 아이가 집에 있어도 도움이 안 되죠. 아니, 오히려 걱정거리가 늘어날 겁니다." 겐타가 말했다. "근데 히와타리 자매는 야무지니까. 그것도 초등학생이라고 생각 안 될 정도로. 그래서 엄마도 일을 맡길 수 있었던 거고요. 몇 배나 수고롭긴 했지만 돌봐야 할 부모를 집에 혼자 두는 시간을 조금이라도 줄이고 싶었다, 그런 거였군요."

"그래서 요일을 나눈 게 아이들이 야무져서 그렇다고 한 거구나." 나기사는 한숨을 내쉬며 말하고는 남편을 원망스러운 눈빛으로 쏘아봤다. "하여간, 표현 참 어렵게 한다니까."

"미안, 미안." 아무리 봐도 정말 미안해하는 것 같지 않은 얼굴로 나가에가 사과했다.

이야기를 마친 나가에가 다시 젓가락을 들더니 빨간 뚜껑 쪽의 연어를 집어 입에 넣었다.

"이건 이것대로 맛있네."

"그렇지?" 나기사가 반사적으로 대답했다. "만약 요스코 가설이 맞다면 같이 사는 할아버지인지 할머니인지는 기뻤겠네. 어찌 됐든 자기가 이름을 지어준 손녀가 자길 돌봐준 거잖아."

"동감." 나도 거들었다. "쌍둥이가 워낙 야무져서 간병을 맡길 수 있었던 거겠지만, 할머니 할아버지를 도운 경험으로 점점 더 야무져졌겠다. 그럼 분명 그 애들 장래에도 좋은 영향을 줄 거야. 많이 힘들겠지만 삼대가 모두 만족할 만한 결과로 이어졌다고 생각하면 애들 엄마 판단이 옳았다고 할 수 있겠네."

"그래도 분명 힘들긴 했을 거야." 나가에는 열심히 만화를 보고 있는 딸에게 시선을 주었다. "저 애한테는 그런 고생까지 시키고 싶지는 않아. 그렇게 조숙해지지 않아도 되니까 늘 느긋하고 편안하게 보냈으면."

너그러운 아빠의 발언. 그런데 엄마 쪽은 심술궂게 웃는 게 아닌가.

"그럴 수는 없지. 난 사정 안 봐줄 거야."

아내의 말에 나가에는 진심으로 걱정스러운 표정을 지었다. 나는 웃으며 자리에서 일어났다.

"그럼 밥부터 잘 챙겨 먹여야겠네. 언제까지고 가키노타네랑 만화에 빠져 있게 할 수는 없지?" 나는 두 아이를 불렀다. "얘들아, 밥 먹자. 손 씻고 와!"

사케 × 오징어내장구이

일단 헤어졌다
다시 합친다

"으음." 현관에 들어서자마자 내 입에서 저절로 그런 소리가 나왔다. "오징어 냄새네."

"정답. 오늘 안주는 오징어야."

손님을 맞으러 나온 나가에 나기사가 가슴을 활짝 펴며 대답했다.

나기사는 마침 남편이 오징어 손질을 마쳤다면서 우리를 거실로 안내했다. 거실에서 텔레비전을 보고 있던 사키가 인기척을 느끼고 이쪽으로 고개를 돌렸다. 얼굴이 환하게 밝아졌다.

"안녕하세요."

사키가 텔레비전을 끄고 자리에서 일어나 우리 쪽으로 가까이 다가와 머리를 꾸벅 숙여 인사했다.

"안녕."

제법 오빠답게 인사하는 다이.

"다이 오빠, 숙제 중에 모르는 게 있는데 좀 가르쳐줘."

사키는 다이 손을 잡아 끌며 공부용 책상 쪽으로 끌고 갔다. 나가에의 집에서도 우리 집처럼 어린이용 공부 책상을 거실에 두었다.

"어떤 건데?"

다이는 으스대며 프린트를 내려다보았다. 수학 문제인 모양이었다.

"미안, 미안." 나기사가 공부 책상 쪽을 다정한 눈빛으로 바라봤다. "우리 남편은 공부 가르치는 데 소질이 없어서 말이지."

"어어? 그래요?"

내 남편인 후유키 겐타가 의외라는 표정을 지었다. 그도 그럴 것이 나기사의 남편, 그러니까 사키의 아버지는 대학의 준교수. 게다가 얼마 전에 교수가 퇴직해 차기 교수로 유력한 후보란다. 초등학교 수학 정도는 문제라고 할 수도 없을 텐데.

내가 그렇게 대꾸하자 나기사는 무겁게 고개를 가로저었다.

"아니, 생각할 것도 없이 답부터 툭 튀어나오니까 순서대로 가르치는 것 자체를 못 해. 국어는 '지문에 답이 있잖아'라는 한마디로 끝나고, 사회 과목의 지리를 가르칠 때는 별 중요하지도 않은 그 지역 정보를 알려주느라 삼천포로 빠지거든. 정작 본인 전공인 과학은 열 배나 더 엉뚱한 곳으로 빠지고."

"오히려 더 좋겠는걸요?" 겐타가 부러움을 담아 말했다. "그런 삼천포 이야기가 나중에 커서 굉장히 도움이 될 테니까요."

나기사가 난처한 표정을 지었다.

"나중에는 그렇겠지만 지금은 문제예요."

나기사는 그런 터라 다이가 와준 게 얼마나 다행인지 모른다며 말을 맺었다. 그렇게 생각한다면 아들을 데려온 보람이 있었다.

지금까지 온갖 험담의 표적이 되었던 나가에 다카아키가 그런 사실도 모른 채 주방에서 모습을 드러냈다.

"어서 와."

나, 후유키 나쓰미와 나가에 부부는 대학 시절부터 친구 사이. 우리 셋 다 술을 좋아해 대학생 때는 자주 같이 술판을 벌였다. 사회인이 되고 나서도 그 버릇은 여전했고, 내가 결혼하고 나서는 남편인 겐타까지 합세해 넷이서 술 모임을 즐기고 있다.

그런데 나가에가 나기사와 결혼하자마자 미국에 일자리를 얻어 가족 모두가 이주했다. 우리는 우리대로 다이가 태어나 육아 때문에 정신이 하나도 없어 도저히 밖으로 한잔하러 나갈 여유가 없었다.

그런 이유로 한동안 술을 동반한 모임이 이어지지 못했는데, 이제야 생활이 좀 진정됐다 싶을 무렵에 마침 나가에가 일본 대학에 자리를 얻어 아내와 딸을 데리고 귀국. 덕분에 그 옛날과 같은 술 모임이 부활했다.

"안주 지금 막 만들었는데. 애들 먼저 먹일까?"

나가에가 들고 나온 쟁반에는 접시 세 개가 있고 그중 두 개에는 야키소바가 담겨 있다. 가만히 보니 오징어와 양배추를 같이 볶았다. 남은 접시 하나에는 반찬인 돼지고기 배추볶음이 담겨 있다. 고소한 참기름 냄새에 기분이 좋아졌다.

나기사가 공부 책상 쪽을 향해 외쳤다.

"사키, 다이! 어서 밥 먹자!"

"이 문제 다 풀고."

사키가 프린트에서 눈을 떼지 않고 대답했다.

이제 문제가 풀리기 시작한 거라면 방해하지 않는 쪽이 좋을 터. 자기보다 나이 어린 아이들을 잘 돌보는 다이는 공부도 잘 가르쳐주는 모양이었다. "아아, 그런 거였구나!" 하고 사키가 크게 외치며 연필을 내려놓았다. 무사히 문제를 푼 듯했다. 아이들이 공부 책상에서 일어나 곧장 식탁으로 오려는 걸 나기사가 제지했다.

"비누로 손 씻고 와야지."

두 아이는 "네!" 하고 기운차게 대답하고 세면장으로 들어갔다. 그리고 곧 다시 나왔다.

"잘 먹겠습니다."

아이들이 손을 모아 감사 인사를 한 후, 젓가락을 들었다. 야키소바도, 돼지고기도 아이들이 딱 좋아할 만하게 간을 맞춘 듯했다. 둘 다 열심히 젓가락질을 했다.

"다이, 고마워."

나기사가 엄마다운 얼굴로 감사 인사를 했다.

"아니에요. 저도 복습할 수 있어서 좋았어요."

다이가 컵에 담긴 보리차를 마시며 대답했다.

"오호!" 나기사의 눈과 입이 동그래졌다. "나쓰미, 지금 다이가 한 말 들었어?"

"그래, 나 아니고 남편 닮았어."

실제로 다이는 얼굴은 나를 닮았지만 속은 아무리 봐도 겐타를 빼쐈다. 남을 잘 챙기는 태도나 솔직한 면도.

주방에서 딸깍하는 소리가 났다. 환기팬이 꺼지는 소리다. 요리가 다 된 모양이다. 내 상상이 맞았는지 나가에가 접시에 음식을 담아 나왔다. 뜨끈한 김이 모락모락 피어오르는, 한입 크기로 자른 오징어였다.

"오징어내장구이야. 얼마 전에 인터넷에서 봤는데 맛있어 보여서 만들어봤어."

훈기와 함께 맛깔스러운 향기가 올라왔다. 정말 맛있어 보였다.

"그럼 저희도."

겐타가 가방에서 720밀리리터짜리 사케를 꺼냈다.

"아키타산이에요. 아키타가 고향인 회사 동료가 추천하기에 사왔죠."

나기사가 너무 좋다고 환호하며 자리에서 일어나 주방에서 잔을 네 개 가지고 돌아왔다. 겐타가 사케의 병마개를 따고 잔 네 개에 술을 따랐다.

"그럼."

"잘 마시겠습니다."

사케를 한 모금 마셔봤다. 똑같이 북서쪽 지역이라도 아키타산은 니가타산과는 풍미가 다르다. 니가타산이 담백하고 깔끔하다면, 아키타산은 또렷한 느낌. 이 술도 야무지게 각 잡힌 듯한 맛이다.

오징어내장구이로 젓가락을 뻗었다. 아직도 뜨거워서 조심스럽게 입에 넣었다.

향긋한 맛이 입안에서 톡 터지며 퍼져나갔다. 내장과 약간의 된장이 오징어 본래의 맛에 깊이를 더해준다.

잘 씹어서 삼키고 다시 사케 한 모금. 자칫하면 너무 강할 수 있는 오징어내장의 맛을 사케가 깔끔하게 씻어냈다. 그러면서도 뒷맛에 내장과 사케의 맛이 또렷하다. 정말 맛있다.

"이거 정말 괜찮네요." 겐타도 감탄한 듯 말했다. "오징어는 원래 담백한 맛인데, 이렇게 세게 간을 해도 자체의 맛이 그대로 남아 있네요."

"그리고 이렇게 강한 맛을 내는 건 원래 오징어 몸속에 있던 내장이고 말이지."

내가 그렇게 덧붙이자, 이 모임의 주최자인 나가에 부부가 동시에 고개를 끄덕였다.

"잘 먹었습니다." 두 아이가 두 손을 모으고 인사했다. 야키소바와 돼지고기 배추볶음이 담긴 접시가 깔끔하게 비워져 있다. 나기사가 케이스에서 물티슈를 뽑았다.

"자, 손이랑 입 닦고 나서 놀아."

"네."

아이들이 소스가 묻은 손과 입을 닦았다. 두 아이 엄마가 잘 닦았는지 확인하고 가도 좋다고 허락했다. 둘은 거실 구석으로 가서 좀 전까지 보던 텔레비전 애니메이션을 틀었다. 이제 숙제도 다 했으니 나기사도 따로 지적하지 않았다. 아이들도 상황을 이해하는지 텔레비전 볼륨을 낮춰 주었고, 덕분에 식탁에서 나누는 대화에 방해가 되지 않았다.

"그러니까……." 나기사가 다시 이야기를 이어갔다. "이 요리의 포인트는 오징어 살을 내장으로 간하는 거야. 그런데 오징어 본래의 맛과는 좀 다른 것 같아. 아이디어랄지, 기술이랄지, 그런 것의 결정체 같달까."

"뭘 그렇게까지." 나가에가 웃었다. "그래도 재미있는 요리인 건 사실이야. 실제로 오징어를 손질할 때 한 번 내장을 빼잖아? 그다음에 간하는 단계에서 다시 몸통에 집어넣고. 일단 헤어졌다 중요한 순간에 다시 딱 합치는 느낌이랄까."

제법 정확한 설명이다. 무슨 멜로드라마처럼 들리긴 했지만.

멜로드라마.

뭔가가 뇌 깊은 곳을 자극했다. 뭘까 생각하는 동시에 기억이 되살아났다.

"……그랬지."

갑자기 튀어나온 말에 세 사람의 시선이 내 쪽으로 몰렸다.

"아, 회사에서 비슷한 일이 있었던 게 생각나서."

"회사에서?" 나기사가 의아한 표정을 지었다. "회사에서 오징어내장구이라도 먹었어?"

"아니, 그게 아니라……." 나는 한 손을 획획 내저었다. "일단 헤어졌다 다시 합치는 이야기."

"뭐야, 그게?" 겐타도 미간을 좁혔다. 우리는 사내 결혼이라 같은 회사에서 일하고 있다. 그러니 내가 아는 회사 사정은 겐타도 거의 알고 있다. 별로 큰 회사도 아니니까.

"아니, 미호라고 있었잖아. 기억 안 나?"

"미호?" 남편이 허공을 올려다본다. "아, 오구라 미호 씨? 나쓰미랑 같은 부서에 있던?"

"그래, 지금은 '노모토 미호'로 이름이 바뀌었지만."

"……아하, 그랬지."

겐타도 생각이 난 모양이다.

"그래서, 그 직장 동료가 무슨 일 있었어?"

나기사가 애타는 표정으로 대화에 끼어들었다.

"아, 작년에 결혼했는데, 좀 특이한 사정이 있었거든."

"사정? 어떤 사정?"

나기사가 몸을 내밀었다. 이 여성은 가십거리 듣는 걸 참 좋아한다. 하긴, 그래서 나도 이런 화제를 꺼낼 마음이 든 거였지만.

나는 흘끔 거실 안쪽을 살폈다. 아이들은 텔레비전에 푹 빠져 있었다. 이 상태라면 어른들 이야기를 엿듣지는 않겠지.

"제법 눈치 빠르게 일 잘하는 친구야. 얼굴도 예쁘고. 그래서 회사 안에서도 인기가 많았는데, 어느 날, 상사한테 '임신했습니다. 산달이 오면 출산휴가, 육아휴직 쓰겠습니다.' 한 거야. 그때가 스물다섯이었지 아마? 독신이 그런 말을 해서 부서에 난리가 났지."

"그야 그렇겠네."

나기사는 자못 즐거운 표정이었다.

"물론 '상대는 누군가?', '결혼은 언제 할 건가?' 그런 걸 대놓고 물을 수는 없지. 권력 남용이니까. 회사 규정에 '출산휴가나 육아휴직은 기혼자에게만 해당된다'라고 적혀 있지도 않고. 그래서 상사도 당혹스러워하기는 했지만 '그래, 몸조리 잘하게'라고 밖에 말을 못 했어."

"그야 당연하지."

"그러고 반년 정도는 직장 분위기가 미묘했는데, 본인은 담담히 일했고, 산달이 가까워지자 출산휴가를 냈어. 딸을 무사히 낳았다니 참 잘됐지. 그때 바로 육아휴직을 냈고 1년 후에 복귀했어. 그게 재작년 일이야."

"그러고 1년 있다가 결혼했다는 거지?"

나기사가 이야기를 앞질러 나갔다. 하여간 성미 한번 급하다.

"그렇지. 상대는 같은 회사에 다니는 노모토 교지野本杏二라는 사람. 미호한테는 2년 후배일 거야. 총무부에서 일해서 나도, 겐타도 잘 아는 사람이야."

"스물다섯에 임신, 스물여섯에 출산, 스물일곱에 직장 복귀. 그 1년 후에 결혼했으면 스물여덟. 결혼 상대는 두 살 연하니까 스물여섯. 물론 학창 시절에 재수나 유급을 하지 않았으면 그렇다는 거지만." 나기사가 팔짱을 꼈다. "두 사람 다 아직 20대네. 한쪽이 싱글맘이라는 게 좀 특이하긴 하지만, 그렇게 놀랍거나 하지는 않은데."

"맞는 말이야." 나는 아직 이게 끝이 아니라는 식의 뉘앙스로 긍정했다. "미혼에 아이까지 낳았다고 하면 무슨 사정이 있을 거라고 생각하잖아. 노모토 씨 입장에서 보면 그 사정을 다 이해한 후에 결혼했을 테니까 각오가 필요했을 거다, 사내에는 그런 식으로 얘기가 돌았지."

"뭐야, 그냥 훈훈한 미담이잖아."

"그런 게 아니라니까." 나는 다시 한 손으로 손사래를 쳤다. "문제가 된 건 결혼한 이듬해의 연하장이었어. 다들 그렇듯 노모토 부부도 연하장에 아이 사진을 넣었거든. 그걸 본 순간 입이 떡 벌어졌지 뭐야. 아이 얼굴이 노모토 씨랑 똑 닮았더라고."

"응? 뭐가 어떻게 된 거야?"

나기사가 눈을 깜박거렸다.

"다들 의아하게 생각한 모양이야. 새해 첫 업무 시작 날, 사무실에는 묘하게 긴장감까지 감돌았어. 다들 눈짓만 주고받다가 미호랑 제일 친한 여직원이 결심하고 '아이가 노모토 씨를 많이 닮았던데.' 하고 말을 꺼냈지. 그 말에 미호는 생긋 웃으면서 '그래 보여? 그야, 노모토가 아빠니까.' 하고 태연히 대답했고."

"……."

"총무부에서도 똑같은 일이 있었다고 들었습니다." 겐타가 옆에서 말했다. "노모토는 머리를 긁적이면서 '역시 그래 보이나요?'라고 했다더라고요. 너무나 당황스러운 전개라 주변 사람들은 그저 황망하게 '아, 그렇군.' 하고 더는 아무 말도 못 했다고."

"우리 부서에서도 그랬어. 미호가 너무 당당해서 무슨 사정인지 자세히 물어볼 분위기가 아니거든. 소문은 무성했지만, 결국 '두 사람은 사귀었다 헤어졌다, 그런데 아이가 생겨서 재결합했다'라는 결론으로 마무리됐어."

"……아하." 나기사가 단조로운 어조로 맞장구를 쳤다. "그래서 나쓰미 네가 '일단 헤어졌다 다시 합치는 이야기'라고 한 거구나? 근데……." 나기사가 눈을 치켜뜨고 째려봤다. "그런 말이 이해될 리가 없잖아?"

나는 곧바로 "그렇지." 하고 수긍했다. 정말 나기사 말이 맞았으니까.

"미호와 노모토 씨는 같은 대학 출신이야. 매년 그 대학 졸업생이 우리 회사에 몇 명씩 입사하니까 그 점은 이상할 게 없어. 입사하기 전부터 사귀었다는데, 그 시절 이야기는 들은 사람이 없어. 그래도 그건 두 사람이 비밀에 부쳤다고 하면 설명이 되지. 그 후에 둘이 헤어진 것도 그럴 수 있어. 근데 임신 사실을 알게 되면 보통은 그 시점에 결혼하지 않아? 속도 위반이라 창피할지는 몰라도 그게 큰 문제는 아니니까."

"그렇지. 아빠 되는 사람이 모르고 지나갔을 리도 없고."

"그렇지? 근데 실제로는 아이가 태어나고 2년이나 지나서 결혼하니 다들 이상하다며 고개를 갸웃거리는데 한 여직원이 이런 말을 했지. '그러고 보니 미호가 임신했다고 보고하기 전에 사흘 정도 회사에 휴가를 냈다, 회사에 출근했을 때는 아주 초췌한 모습이었다'."

나기사는 눈썹만 씰룩거리면서 다음 이야기를 재촉했다.

"그래서 모두가 머리를 굴려 추측한 게 바로 이거야. 어쩌면 두 사람은 심하게 싸우고 헤어진 게 아닐까. 미호는 그 충격으로 회사를 쉬었다. 같은 회사에 다니고 있으니 얼굴 마주치기 싫었겠지. 그렇게 보면 임신한 걸 알고도 미호가 결혼을 거부했을 수 있다. 그런데 아이가 태어나자 역시 책임지고 결혼하는 쪽으로 얘기가 된 게 아닐까."

"근데 나쓰미 넌 그 이야기 안 믿잖아."

나기사의 담담한 지적에 나도 순순히 인정했다.

"안 믿지. 임신 기간이 열 달이야. 그사이에 계속 화만 내고 있었다? 노모토 씨는 책임감이 강한 사람이거든. 그 기간이면 어떻게든 미호를 설득해서 결혼에 골인했을 거야."

"우리 부서에서는 다른 의견이 나왔어요." 겐타가 말했다. "제 부하 직원 중에 노모토 동기가 있거든요. 그 친구가, 미호 씨가 임신했던 해에 노모토가 상을 당했다고 전했던 걸 기억해 낸 겁니다. 노모토 집에 안 좋은 일이 있었으니 결혼 같은 경사스러운 일은 뒤로 미룬 게 아니냐는 이야기가 나왔죠."

나기사가 눈을 가늘게 떴다.

"겐타 씨는 그걸 믿어요?"

"당연히 안 믿죠." 남편 역시 순순히 대답했다. "정말 그렇다면 상을 치른 뒤에 바로 결혼했겠죠. 1년이나 뜸 들일 필요가 있나요."

"그렇죠." 나기사가 미간을 좁혔다. "상을 당해서 그랬다고 보긴 어렵겠고…… 심하게 싸우고 헤어졌다는 나쓰미의 가설이 더 설득력 있네요."

"내 가설 아니야. 회사 전체 의견이 그랬어."

나는 대번에 항의했지만, 나기사는 흘려넘겼다.

"두 사람은 사귀었다 헤어졌다." 나기사가 내가 했던 말을 했다. "확인하는 건데, 미호 씨 임신 사실을 노모토 씨가 몰랐다는 가능성은 없을까?"

아하, 미호가 노모토 씨한테 잔뜩 화가 나서 일부러 임신 사실을 알리지 않았을 수도 있지 않느냐는 말인가. 하지만…….

"그럴 리는 없어." 나는 단언했다. "노모토 씨는 총무부 사람이잖아. 설령 정보에 느려서 회사 소문을 못 들었다고 해도 출산휴가를 신청했을 때 바로 알아차렸을 거야."

"그렇겠네." 예상한 대답이었을까. 나기사는 실망하는 기색도 없이 말을 이었다. "그럼 다음. 두 사람이 심하게 싸우고 헤어졌다고 치자고. 그럼 대체 이유가 뭘까."

"그건 나도 모르지." 나는 탁 놓아버리듯 말했다. "그 둘이 사귀는 줄도 몰랐는데 왜 헤어졌는지 어떻게 알겠어."

당연한 대답을 했을 뿐인데, 옆에서 겐타가 심각한 표정을 지었다.

"혹시 미호 씨가 바람을 피워서 헤어졌다고 생각하시나요?"

"맞아요." 나기사는 심각한 표정은커녕 웃음꽃이 활짝 핀 얼굴이었다. "더 자세히 말하면, 배 속 아이의 아빠는 다른 남자. 그래서 결혼할 상황이 아니었던 거죠."

"자, 거기까지." 나가에가 대화에 끼어들었다. "얘기를 제대로 듣긴 한 거야? 아이 얼굴이 노모토 씨를 빼쐈다잖아."

"그래서 그렇다는 거야." 나기사도 지지 않았다. "미호 씨는 임신했지. 근데 그 직전에 외도한 거야. 그럼 아이 아빠가 노모토 씨냐, 외도 상대냐, 얘기가 그렇게 되지 않겠어?"

"아이를 낳고 얼굴을 본 다음에 노모토 씨랑 결혼할지 말지 결정하자, 그렇게 생각했다는 거야?" 어이가 없어서 말이 안 나온다는 게 바로 이런 상황일 거다. "미호는 그렇게 타산적인 사람이 못 돼. 그리고 태어나자마자 유전자 검사하면 바로 결과 나오잖아. 굳이 2년을 기다릴 필요가 있어?"

"으윽……." 하고 나기사가 신음했다. 나름 자신 있던 가설이었던 모양이다. "그렇다면 말이야……."

아직도 할 말이 남았단 말인가. 하여간 포기를 모르는 여성이다.

"미호 씨는 아이 아빠가 외도 상대라고 생각한 거야. 근데 아이가 태어나 자라면서 노모토 씨랑 얼굴이 똑같아진 거지. 아차, 내 예상이 빗나갔다. 그래도 아이 아빠가 누군지 알았으니 결혼해야지……."

나는 친구에게 싸늘한 눈빛을 보냈다. "그런 거였으면 임신하고 바로 외도 상대라는 그 남자랑 결혼했겠지."

일단 헤어졌다 다시 합친다

나기사는 몸을 뒤로 젖혔다. 이제 더는 다른 가설이 나오지 않는지 입을 꾹 다물고 있었다.

"맞다." 겐타가 나기사의 가설은 벌써 다 잊었다는 듯 말을 꺼냈다. "그 두 사람이 식 같은 거 올렸던가?"

"아니, 혼인신고만 했어." 내가 대답했다. "아이가 아직 아기라 결혼식이나 피로연을 치르기 어렵다고. 식 올리는 건 아이 크고 나서 생각해 보겠다고 했지."

"그렇구나. 식을 올리려면 식장을 잡아야 하니까 그 1년 전, 그러니까 육아휴직이 끝나갈 즈음에는 결혼을 결심했을 가능성이 크지. 근데 혼인신고라면 금방 할 수 있으니까. 역시 아이가 태어나고 2년 가까이 지난 후에 결혼을 결심한 게 맞겠네." 겐타는 거기까지 말하고 잔을 들어 아키타산 사케를 마셨다. "아이가 태어나고 결혼할 때까지 왜 그렇게 공백이 생겼나, 그게 핵심인 것 같아."

"또 한 가지. 임신 사실을 안 시점에 왜 바로 결혼을 안 했나."

"맞아."

"역시 외도 아닐까?"

나기사가 지지 않고 제 가설을 들이댔다.

"이제 외도는 그만 좀 부르짖지?"

"아니, 진지하게 하는 말이야." 나기사는 그 말 그대로 진지한 표정을 지었다. "지금까지는 미호 씨가 바람을 피웠다는 전제로 이야기했는데, 사실 바람피운 건 노모토 씨 아닐까? 노모토 씨의 외도로 두 사람이 헤어지고 그 후에 미호 씨 임신 사실이 드러난 거지. 근데 때는 늦어버렸어. 노모토 씨가 이미 다른 여자랑 결혼을 약속했던 거야."

　"……."

　그 즉시 대꾸할 수가 없었다. 나기사의 주장은 임신 사실을 안 뒤에 바로 결혼하지 않았던 것을 확실히 설명해 주었으니까.

　나기사가 말을 이었다.

　"사귀었던 사람이 임신, 아무래도 아이 아빠가 자기일 것 같다고 생각한 노모토 씨는 당연히 새 여자친구와 헤어진 뒤 미호 씨와 결혼하려고 했을 거야. 책임감이 강한 사람이라면서. 근데 새 여자친구가 노모토를 놔주지 않았어. 이런저런 실랑이 끝에 새 여친과 헤어졌을 즈음에는 아이가 태어난 뒤 2년이나 지나 있었지."

　"오호."

　절로 감탄이 흘러나왔다. 좀 전과는 딴판으로 설득력 있었다. 그렇게 생각했지만 내 남편은 생각이 좀 다른 듯했다.

"그럴까요? 그 새 여자친구가 어떤 성격인지에 따라 다르겠지만, 남자친구가 전 여자친구를 임신시켰다는 걸 알면 금방 질색할 것 같은데요. 꼭 그렇지 않더라도 노모토는 전 여자친구에게 양육비를 보내줘야 할 겁니다. 아직 20대밖에 안 된 애송이한테 두 가족 먹여 살릴 주변머리가 있겠습니까. 게다가 우리 회사 월급 수준으로는……. 새 여자친구가 도합 3년이나 노모토 씨를 놔주지 않았다는 건 말이 좀 안 되는 것 같네요."

"그러면……." 역시 내 친구 사전에 포기는 없었다. "새 여자친구도 임신했다든가?"

"그럼 왜 노모토는 그 여자친구를 버리고 미호 씨와 결혼했을까요?"

"그 여자친구가 유산을 했다든가……."

"아무리 그래도 그건 견강부회牽强附會지."

드디어 나가에가 아내의 폭주를 막았다. 나기사는 자각했는지 묵묵히 사케만 들이켰다. 나도 젓가락을 들어 이야기의 발단이 된 오징어내장구이를 집어 먹었다. 식기 전에 먹어야지, 너무 아까운 맛이다.

"시간적 순서로 따지자면 임신 사실을 알게 된 뒤에 바로 결혼하지 않은 이유부터 생각해 보는 게 좋겠지."

"그 부분만 놓고 보면 좀 전의 상을 당했다는 설도 제법 괜찮은 것 같은데요."

겐타는 그렇게 말하고는 '그런데 그것만으로는 나중에 생기는 의문을 해결할 수 없다'고 덧붙였다. 그래서 좀 전에 '아이가 태어나고 결혼할 때까지 왜 그렇게 공백이 생겼나.' 하는 게 핵심이라고 한 것이다. 겐타도 젓가락을 뻗어 오징어를 집었다. 바로 가져가지 않고 접시에 고인 국물에 잘 적신 다음에 입에 넣었다. 내 남편이지만 참 세심한 사람이다.

"그렇네……." 겐타가 오징어를 삼킨 다음 말을 이었다. "둘 중 누구 하나가 외도를 했다는 가설도 마찬가지야. 바로 결혼하지 못했던 건 설명되지만, 아이가 태어나고 2년이나 지난 뒤에 결혼하는 건 설명 못 하니까."

"미호가 타산적으로만 사는 게 아니라면 말이지."

내 첨언에 나기사가 뚱한 표정을 지었다.

"흐음." 나기사가 잔을 내려놓으며 다시 표정을 갈무리했다. "바로 결혼하지 않았던 이유를 달리 생각해 보자고. 실제로 결혼했던 타이밍과 모순되지 않는 가설을 떠올릴 수 있을지도 몰라."

의외로 제대로 된 의견이 나왔다.

"바로 결혼하지 않았던 이유······." 겐타가 반복했다. "예를 들어 둘 중 어느 쪽의 부모님이 반대했다든가?"

"대체 무슨 이유로 반대를 하는 건데?"

나도 모르게 불만스러운 목소리가 튀어나왔다. 우리가 결혼할 때는 양가 부모님, 특히 우리 아버지가 전혀 반대하지 않아서 가슴을 쓸어내렸다. 부모님께 결혼 허락을 구하는 건 정말이지 심장에 해롭다.

하지만 남편은 굴하지 않았다.

"바로 생각나는 이유는 아주 흔한 거지. 아직 결혼하기에는 너무 젊다든가."

"결혼도 안 했는데 우리 딸이 애를 갖게 하다니, 한심한 녀석, 그런 얘기도 할 법하죠." 나기사가 바로 거들었다. "근데 실제로 임신한 이상 결혼 허락을 안 하는 선택지는 존재하기가 어렵죠."

"맞습니다."

겐타가 뒤통수에 두 손을 대고 깍지를 꼈다. 뭐야, 자기도 아니다 싶으면서 일단 말해본 건가.

"노모토 쪽은 결혼할 생각이 없었다고 해도 미호 씨 부모님이 결혼을 재촉했을 테고요."

"아, 그거다." 나기사가 집게손가락을 척 들었다. "당사자끼리는 그렇다 쳐도, 왜 양가 부모님은 결혼 안 하는 걸 받아들이셨을까요? 임신했을 당시 두 사람이 교제하고 있든 이미 헤어졌든, 아니, 설령 그 전에 사귄 적이 없었다고 해도 대번에 결혼시키려고 했을 텐데."

"그러게." 나도 모르게 중얼거렸다. 당연한 의문이었다. "그럼 본인들한테도, 양가 부모님들한테도 결혼하고 싶어도 할 수 없는 이유가 있었다는 뜻이려나?"

그런 이유란 건 도대체 어떤 걸까?

"그거참 어렵네." 겐타도 입술을 비죽거렸다. "경사스럽게 떠들 수 없는 사정이 있다고 해도 어차피 혼인신고쯤이야 종이 한 장으로 끝날 일. 실제로도 그렇게 했고 말이지."

"혹시 말인데……." 나기사가 불쾌한 표정을 지으며 말했다. "둘 중 누군가의 집에서 서로 격이 너무 다르다고 반대한 게 아닐까?"

"에이, 그건 아닐 거야." 나는 두 사람의 얼굴을 머릿속으로 떠올렸다. "두 사람 다 부잣집 아들딸은 아닌걸. 입는 것, 먹는 것도 그렇고, 부르주아처럼 잰 척하는 면도 전혀 없어."

"그래? 그럼 종교가 다른가?"

"요즘 시대에 그런 것 가지고 반대를 해?"

"안 하겠지." 나기사가 당연하다는 듯 대답했다. "실은 두 집안이 척을 지고 있었다든지?"

"셰익스피어 소설이니?"

"아닌가." 나기사는 그렇게 말하더니 불쑥 다소 진지한 표정을 지었다. "어쩌면 정말 심각한 사정이 있었던 걸지도 몰라."

"심각한 사정?"

"예를 들어, 노모토 씨가 병에 걸렸다든가."

"뭐?"

뜬금없이 무슨 소리를 하는 건지.

"회사에 출근은 하지만 사실은 중병을 앓고 있어서 나중에 한 집안의 가장이 될 수 있을지 모르는 상황. 그래서 결혼을 안 했는데, 아이가 태어나고 2년이 지났을 즈음에 드디어 완치의 희망이 보였던 거야. 그래서 결혼."

"오, 이번 건 말 되네." 너무 솔직하게 속을 드러냈나. 나기사가 눈을 흘겼다. 나는 얼른 두 손 모아 사과했다. "미안, 미안. 근데 정말 그걸로 두 가지 다 설명이 되네."

"그렇지?"

나기사는 자랑스럽게 말했지만 팔짱을 낀 채 이해가 간다며 고개를 끄덕이던 겐타의 얼굴이 심각해졌다.

"으음, 그랬으면 오히려 더 빨리 결혼하려고 했을 것 같은데요. 노모토가 죽을병에 걸렸다면 더더욱 그렇고요. 표현이 너무 거칠어 송구하지만, 아이 아버지가 누군지 모르는 싱글맘 가정보다 아버지가 돌아가시고 엄마랑 아이가 사는 가정 쪽이 더 따뜻한 시선을 받으니까요. 혼인신고를 해두는 편이 노모토 부모님께 금전적 지원을 받을 수 있어 경제적으로도 낫고요."

나기사가 '끄응' 하고 신음했다. 하지만 곧 태세를 가다듬고 말했다.

"죽을병에 걸린 게 아니라 자리보전을 해야 하는 상태였다? 간병할 사람이 필요해진 상황에서 미호 씨한테 폐를 끼치기 싫어서 노모토 씨가 주저한 게 아닐까요?"

"그럼 오히려 미호가 하루라도 빨리 결혼하자고 재촉하겠지. 외도를 했다거나 헤어졌다거나 하는 게 아니니까."

"으아……." 나기사가 머리를 감싸 쥐고는 그대로 자기 남편을 쳐다봤다. "오늘 후유키 부부가 강력하네. 좀 도와줘."

그러나 나가에는 아키타산 사케를 유유히 마실 뿐이었다. 그러다 잔을 내려놓았다.

"별로 도움은 안 될 텐데."

"뭐야, 그 말은?"

"그래." 나가에는 오징어를 한 조각 집어 입에 넣더니 또 사케를 마셨다. "아까 나기사가 '뭐야, 그냥 훈훈한 미담이잖아.' 그런 말 했지?"

"응, 그랬지."

나가에는 잔에 담긴 사케를 싹 비웠다.

"정말 그냥 훈훈한 미담이야."

식탁 위로 정적이 내려앉았다.

저 멀리서 텔레비전 애니메이션 소리가 들려왔지만 어른들 주변에서는 아무 소리도 나지 않았다. 아니, 소리를 내는 사람이 딱 한 명 있긴 했다. 나가에가 술병을 들고 자기 잔에 술을 따르고 있었다. 뚜껑을 닫고 식탁 위에 병을 올려놓자 탁 하는 소리가 울렸다.

"……이봐, 요스코." 나기사가 드디어 입을 열었다. "그게 무슨 소리야?"

"무슨 소리고 말고 없어." 나가에가 방금 따른 사케를 마셨다. "나쓰미랑 겐타 씨한테서 들은 이야기가 참 훈훈하다 싶어서 훈훈한 미담이라고 한 거야."

"도무지 이해가 안 되잖아." 내가 따졌다. "제대로 설명 좀 해봐."

"설명은 할 거야. 근데 그 전에 확인하고 싶은 게 있어." 나가에가 나를 봤다. "얘기를 들어보니 나쓰미 넌 미호 씨를 아주 좋게 보는 것 같은데."

"응, 그렇지. 정말 착하거든."

"그럼 거짓말하는 사람은 아니라고 봐도 되겠네?"

"그건 보장할 수 있어."

왜 그런 걸 묻는 걸까. 나기사는 미호가 타산적인 사람이 아닌가 의심했다. 나가에도 그런 걸까.

"좋아." 나가에는 잠시 허공을 응시했다. 어떻게 이야기할지 생각이 선 듯한 모습. 곧 시선을 바로 하더니 입을 열었다. "다들 생각을 너무 복잡하게 해."

"그런가요?" 겐타가 의아한 표정을 지었다. "그렇게 복잡한 가설은 아닌 것 같은데."

"아니요, 너무 꼬았어요." 나가에가 웬일로 직설적으로 부정했다. "이상한 행동인데 이해가 되게 이유를 붙이려고 하니 이래저래 아이디어가 막 꼬인 겁니다. 그래서 이쪽저쪽 바람을 피웠다느니, 양가 부모님이 반대를 했다느니, 나중에는 죽을병까지. 두 사람 다 산전수전 다 겪었네요."

그중 대부분은 나기사가 꺼낸 가설이었다. 남편에게 지적당한 아내가 퉁명스러운 표정을 짓자 남편 쪽은 그런 아내를 다정한 눈길로 바라봤다.

"나는 좀 더 단순하게 생각했어. 거꾸로 생각해 본 거지."

"거꾸로?"

"다들 현상에서 행동을 추측했잖아. '임신'했는데 결혼하지 않은 걸 이상하고, '출산'했는데 상당한 공백을 두었다 결혼한 것을 이상하고. 현상에 두 사람의 행동이 맞물리지 않는 게 마음에 안 들었던 거지."

그게 순서인데, 뭐가 이상하다는 거지? 그렇게 이의를 제기하려는데 나가에가 한발 앞섰다.

"나는 거꾸로, 행동에서부터 생각해 봤어. '두 사람은 결혼하지 않았다.', '한참 시간이 지난 뒤에 결혼했다.' 우선 그것만 생각했지."

"이해가 안 되는데."

나는 솔직한 심정을 말했다. 내 옆에서 겐타가 한껏 고개를 끄덕였다.

나가에가 쓴웃음을 지었다.

"단순하게 생각했다고 그랬지? 두 사람은 결혼하지 않았다. 그건 그럴 필요가 없어서다. 나는 그렇게 생각했어."

"뭐!"

우리 셋이 동시에 외쳤다.

"임신했잖아. 결혼해야 할 이유로 그보다 더한 게 어디 있어?"

나기사가 대표로 따져 물었다. 그러나 아내의 항의에도 나가에는 동요하지 않았다. 그러기는커녕 오히려 그 말이 들리지 않는다는 듯 설명을 이어나갔다.

"그다음도 마찬가지. 두 사람은 결혼할 이유가 생겨서 결혼했다. 그저 그뿐이라고 생각했지."

"……."

더는 아무 말도 나오지 않았다. 정말로 이해가 안 됐다. 그러나 내 남편은 한 걸음 걸어나간 모양이었다.

"혹시……." 겐타가 조심스럽게 말을 꺼냈다. "아이 아빠가 노모토가 아니라는 뜻입니까?"

"그건 아니죠." 나기사가 곧바로 부정했다. "요스코가 저한 테 그랬잖아요. '아이 얼굴이 노모토 씨를 빼쐈다잖아.'"

"그래, 맞아." 나가에는 조금의 동요도 보이지 않고 긍정했다. "나쓰미도, 겐타 씨도 연하장을 보고 그렇게 생각했지. 그때 받은 인상은 신뢰할 만하다고 봐."

머릿속이 뒤죽박죽이었다. 우리가 인식하는 사실을 나가에도 전면적으로 긍정하고 있다. 그런데도 그런 게 아니라니. 나가에는 대체 무슨 말을 하고 싶은 걸까.

누구 하나 반응이 없자 나가에는 조금 실망스러운 표정을 지었지만, 입 밖으로 나온 건 다정한 목소리였다.

"겐타 씨, 노모토 씨 이름이 '노모토 교지'라고 했죠? 한자로 어떻게 씁니까?"

"'교'는 살구杏, '지'는 숫자 이二로 쓰는데…… 앗!" 겐타는 말을 하던 도중에 고함을 쳤다. 두 아이가 깜짝 놀랐는지 이쪽을 봤지만 겐타는 그것도 알아채지 못한 듯 그저 눈만 휘둥그레 뜨고 있었다. "혹시, 형이……?"

그 말을 듣는 순간, 머릿속에 '팟' 하고 전구가 켜지는 듯했다. 순식간에 눈앞에 그림이 그려졌다.

"미호가 사귄 사람이 우리 회사 노모토 씨가 아니라, 노모토 씨 형이었다는 거야?"

나가에는 노모토 씨 이름을 듣고 '지'라는 발음을 한자 '二'로 변환했다. 남자 이름에 '二'가 들어 있는 경우, 대체로 '一', 즉 형이 있을 가능성이 높다. 회사의 노모토 씨에게 형이 있었다는 말이다.

"그렇구나." 겐타는 자기 말에 자기가 대답하듯 고개를 끄덕였다. "형제가 같은 대학에 가는 건 드문 일이 아니지. 미호 씨는 대학에서 노모토의 형을 만났다. 그리고 교제를 시작했다. 그 뒤에 동생인 노모토가 같은 대학에 입학했다. 충분히 있을 수 있는 일이야."

나가에는 고개를 끄덕였다. 조금 안타깝다는 듯이.

"만약 미호 씨랑 사귄 게 형이었다면 동생인 노모토 씨가 결혼할 이유는 전혀 없겠지."

"잠깐! 스톱!" 나기사가 두 손을 내저었다. "문제는 아무것도 해결 안 됐어. 그럼 왜 미호 씨는 노모토 씨 형하고 결혼을 안 한 건데?"

"아니, 해결됐어요." 겐타가 곧장 나기사의 말을 부정했다. "미호 씨가 임신한 해에 노모토가 상을 당했다고 회사에 알렸습니다."

나기사는 침을 꿀꺽 삼켰다.

"그럼 형이…… 돌아가셨다는……?"

"혼인신고 하기 전에 임신했던 건 이제 확실해졌지." 나가에가 조용히 말했다. "결혼을 결심하고도 그대로 사귀며 시간을 흘려보내는 커플, 흔치 않지만 확실히 있어. 그러다 임신을 계기로 혼인신고를 하는. '속도위반 결혼'이 아니라 '이제야 결혼'이지."

그래, 내 지인 중에도 그렇게 결혼한 부부가 있었다.

"노모토 씨 형과 미호 씨가 그런 관계였는지는 차치하고, 미호 씨는 미혼 상태에서 임신했어. 노모토 씨 형도 결혼할 마음을 굳혔을 거야. 그대로 결혼만 했다면 아무 문제도 없었겠지. 그런데 사고인지 다른 무슨 일인지 형이 세상을 떠났어."

나가에의 말을 들으면서 나는 그때의 기억을 떠올렸다. 미호는 임신 사실을 보고하기 전에 사흘 정도 회사를 쉬었다. 출근한 미호는 정말 초췌한 얼굴이었다…….

"미호는 사흘 밤낮을 울면서 죽은 연인의 아이를 낳을 결심을 한 거구나……."

스스로 그렇게 결론을 냈기에 주위 사람들이 어떻게 생각하든 의연하게 행동했던 거다.

"여기서 동생 노모토 씨 입장을 생각해 보자." 나가에가 말했다. "미호 씨는 형의 연인이자 자신과도 이전부터 잘 아는 사이야. 게다가 이제는 같은 회사 선배. 그런 사람이 죽은 형의 아이를 낳으려고 한다. 동생으로서 많이 미안했을 거야. 다행이라고 해야 할지, 노모토 씨는 총무부 소속이었어. 미호 씨에게 특별 대우까지는 아니지만 좀 더 신경 써줄 수는 있었을 거야. 미혼모가 되는 게 경력에 안 좋은 영향을 끼치지 않게 이래저래 분위기를 만들어가는 식으로. 책임감이 강한 사람이라고 했지? 형이 행복하게 해주지 못했던 만큼 가족으로서 미호 씨를 보호할 의무가 있다. 그런 식으로 생각해도 이상할 건 없지."

"그리고 그런 노력이 미호 씨가 출산한 뒤에도 계속됐다." 남편 겐타가 말을 받았다. "처음에는 의리에 따라 행동했던 노모토도 계속 미호 씨를 도우면서 점점 애정이 생겼다. 미호 씨도 이래저래 도와주는 데다 연인과 많이 닮은 동생을 사랑하게 됐다. 그럼 그냥 결혼하자. 두 사람이 그런 결심을 내리기까지 출산부터 약 2년이라는 시간이 필요했다는 거네."

나기사가 한숨을 쉬었다. "그래서 요스코가 두 사람은 결혼할 이유가 생겨서 결혼했다, 그런 말을 한 거구나…… 엇?" 나기사가 입을 떡 벌렸다. "뭔가 이상한데? 미호 씨는 노모토 씨가 아이 아빠라고 했잖아?"

"아니, 그렇지 않아." 이번에는 내가 나기사의 말을 부정했다. "미호는 '그래 보여? 그야, 노모토가 아빠니까'라고 했거든. 미호가 말한 '노모토'는 총무부 노모토 교지가 아니야."

"미호 씨는 거짓말을 못 해요." 겐타가 덧붙였다. "그래도 사정이 사정이니만큼 다른 사람한테 자세히 설명하고 싶지는 않았겠죠. '노모토가 아빠'라는 것도 거짓말은 아니고요. 대학 동기였으니 '씨'를 붙일 필요 없었겠죠. 본인은 사실만 말하고 나머지는 모두가 알아서 착각해 주길 기대했던 겁니다."

"노모토 씨도 그랬을 겁니다." 나가에는 즐거워 보였다. "모두가 추궁할 때 '역시 그래 보이나요?'라고만 대답했으니까요. 그 말만 들으면 누구나 노모토 씨가 정곡을 찔려 인정했다고 생각할 거예요. 노모토 씨의 진의는 '형의 아이니까 나하고 닮은 것도 당연하다'였겠지만, 거기까지 설명할 필요는 없죠."

"훈훈한 미담이네."

나기사가 콧김을 뿜으며 말했다.

정말 그랬다.

연인이 임신했으니 이제 행복하게 해주자 다짐한 찰나, 갑작스러운 죽음을 맞은 노모토 씨 형.

　죽은 연인의 아이를 낳기로 결심한, 의연한 미호.

　형의 아이를 가진 여성을 꾸준히 살피고 도운 노모토 씨.

　순수한 세 사람이 얽힌 결과, 아담한 가정이 탄생했다.

　가슴에 훈훈함이 감돌았지만, 나기사는 영 불만스러운 듯했다.

　"미담이긴 해도 살짝 마음에 안 들어."

　나가에가 살짝 고개를 갸웃거렸다.

　"뭐가?"

　"미호 씨도, 노모토 씨도 참 훌륭하다고 생각해. 근데 행동에서 자기희생의 의도가 느껴지네. 죽은 연인을 위해. 죽은 형의 연인을 위해. 몸을 던져서 지키려는 의지가 느껴져. 아직 젊으니까 좀 더 자기 자신을 위해 살아도 될 텐데."

　"그럴까?" 내가 말했다. "꼭 자기희생이라고는 볼 수 없을 것 같은데."

　나기사는 의아한 얼굴을 했다.

　"그게 무슨 뜻이야?"

　"의연한 미호와 세심한 배려를 할 줄 아는 노모토 씨. 둘 다 아주 자연스럽게 그런 각오가 선 것 같아서. 그래서 서로의 좋은 점을 인정할 수 있었을 거야. 상대가 자기희생을 했으니 의리를 지키자, 그런 건 절대 아닌 것 같아."

나기사가 끙 하고 신음했다. 나는 오징어내장구이가 담긴 접시를 가리켰다.

"오징어 살도, 내장도 자기를 희생하진 않았잖아? 각자의 장점을 드러내 보이면서 근사한 요리가 됐지. 그 두 사람도 마찬가지야."

나는 그렇게 말하고 마지막 남은 오징어 한 조각을 집어 먹었다.

사오싱주 × 닭날개조림

어느새
다 되어 있다

"와아!"

사키가 잔뜩 신이 나서 외쳤다. 그도 그럴 것이 식탁 위에는 아이들이 제일 좋아하는 프라이드치킨이 놓여 있었기 때문이다.

사키와 맞은편에 앉은 다이가 동시에 말했다.

"잘 먹겠습니다."

"많이 먹으렴."

"네!" 하고 기운차게 대답한 두 초등학생이 조금 이른 저녁 식사를 시작했다.

어느새 다 되어 있다

"자, 그럼." 나, 후유키 나쓰미가 어른들 쪽을 향해 말했다. "우리도 시작해 볼까."

남편인 후유키 겐타가 주방에 들어가 우묵한 접시를 들고 나왔다. 초대된 손님들이 그 안을 들여다본다.

"오호!" 나가에 나기사가 감탄을 터뜨렸다. "닭날개조림이네요."

"이게 닭날개 가운데 부위래." 내가 보조 설명을 곁들였다. "슈퍼에서 싸게 팔길래 잔뜩 사뒀지."

"국물이 빨간데. 매울 것 같아."

나기사의 남편, 나가에 다카아키가 한마디 했다.

"그래 보이지?" 나는 씩 웃었다. "김치 전골용 스톡으로 맛을 냈거든."

"아하, 그렇군." 나기사가 프라이드치킨을 뜯고 있는 아이들에게 눈길을 주었다. "매워서 아이들이 먹기 힘들 것 같으니 저렇게 따로 프라이드치킨을 만들어준 거네."

"정답. 아예 다른 메뉴를 준비하는 것도 좀 그래서 똑같이 닭고기로 했지."

"품은 배로 들지만 말이지." 나기사가 그렇게 말하고 반달눈을 했다. "나쓰미도 많이 부지런해졌네."

"옛날부터 그랬거든?"

내가 받아치자 웃음이 일었다. 귀찮은 걸 싫어해서 뭐든 쉽게 하고 보려는 내 생활 태도는 모두에게 잘 알려져 있다.

나와 나가에 부부는 대학 시절부터 절친. 왜인지는 모르겠지만 죽이 잘 맞아서 자주 같이 술을 마시러 다녔다. 셋 다 수도권에 취직해서 사회인이 된 뒤에도 아무 이유나 갖다 붙여 나가에의 원룸 맨션에 모이곤 했다. 내가 결혼한 뒤에는 남편인 겐타도 끼어 넷이서 술 모임을 갖는 일이 많아졌다.

그 후, 나가에네가 미국으로 건너가 잠시 모임이 중단됐지만, 사키를 데리고 돌아온 덕분에 이렇게 술 모임이 부활했던 것이다.

"이게 그거구나."

나기사가 식탁 위에 놓인 것을 가리켰다. 거무스름한 질주전자가 받침 위에 올려져 있다. 받침에서 전기 코드가 빠져나와 있는 것으로 가전제품인 것을 알 수 있었다.

"사케칸키酒燗器*까지 준비할 줄이야."

나기사가 어이없다는 표정을 지었다.

~~~~~~

● 사케를 데우는 조리도구

"이게 얼마나 편리한데." 나는 기죽지 않고 내답했다. "시간은 좀 걸려도 전자레인지보다 골고루 데워지는 것 같거든." 그렇게 말하며 사케칸키의 상태를 살폈다. "이제 다 된 것 같네."

나는 질주전자를 받침 위에서 내려 자그마한 잔에 술을 따랐다. 잔이 곧 갈색 액체로 찰랑였다. 사케가 아니라 사오싱주 紹興酒**였다. 모두에게 잔을 돌렸다.

"자, 어서 마셔봐."

우묵한 접시를 음식 덜 젓가락과 함께 식탁 가운데에 두자, 손님들이 자기 앞접시에 닭날개를 담았다.

"오! 이건!" 나기사가 젓가락 끝으로 살점을 푹 찔러보더니 감동했다는 듯 말했다. "잘 조렸네. 뼈에서 살도 잘 발리고, 껍질도 잘 뜯기고." 그러면서 살점을 입에 넣었다. "음! 고기에 간이 잘 뱄어. 맵기만 한 게 아니라 제법 깊은 맛이 나는데? 신경 많이 썼겠어."

웬일로 나기사가 아낌없이 칭찬을 퍼부었다. 기쁘긴 했지만 옛 친구한테 괜히 허세 부릴 필요 있겠나.

"사실은 전혀 안 힘들었어. 아까도 말했지만 김치 전골용 스

** 찹쌀을 발효시켜 만든 중국 사오싱 지방의 술

톡을 쓴 덕분에 깊은 맛이 나는 거야. 나머지는 닭 본연의 맛이고. 조릴 때도 압력솥을 써서 간단했어.”

“압력솥? 압력솥은 듣기만 해도 쓰기 귀찮은 느낌인데.”

“그런데, 그게 귀찮지가 않다는 거.” 나는 솔직히 털어놓았다. “내가 쓴 건 전기 압력솥이거든. 일반 압력솥은 계속 가스레인지 앞에 서서 상태를 봐야잖아? 근데 전기 압력솥은 전기밥솥이랑 똑같아. 스위치 켜고 나면 그 뒤론 신경 쓸 필요가 없어.”

“정리하면……” 겐타가 내 말을 거들었다. “전기 압력솥에 닭날개, 김치 전골 스톡, 물을 넣기만 한 거죠.”

지나치게 노골적인 설명이었지만, 그 말 그대로니 반박할 여지가 없다.

나도 닭고기를 집었다. 젓가락을 얹기만 해도 살점이 뼈에서 스르륵 발렸다. 살점이 크지는 않았지만 입에 넣기에는 딱 좋은 사이즈였다.

한 입 깨물자 맨 먼저 맵싸한 고추 맛. 곧이어 김치 전골 스톡에 든 어패류의 감칠맛. 그리고 마지막으로 고소한 닭고기 맛이 입안에 퍼졌다.

따듯하게 데운 사오싱주도 한 모금. 뜨끈한 사오싱주는 설탕을 섞어 마시기도 하지만 우리 집에서는 넣지 않는다. 입에 술을 머금자 숙성된 감칠맛과 알싸한 맛이 닭고기 맛을 뒤따라 몸을 안쪽부터 훈훈히 데워준다. 그래, 정말 찰떡이다.

"맛있네." 나가에도 한마디 했다. "간이 너무 세지도 않고, 약하지도 않고. 딱 맞게 새콤하고 간간해."

"그지?"

겐타는 그냥 솥에 넣기만 했다고 했지만, 전골용 맛간장도 다시 육수도 쓰지 않고, 조림 조미료로 최적의 농도가 되게 연구를 거듭했다. 자랑할 만한 연구까지는 아니었지만 이 순간만큼은 그냥 얌전히 칭찬을 받기로 했다.

"전기 압력솥이란 말이지." 나기사가 사오싱주의 잔을 놓고 팔짱을 꼈다. "이제까지 딱히 필요하다고 생각 안 했는데, 이거 얕볼 수 없겠는걸? 그냥 기다리기만 하면 되니 얼른 요리 하나 더 낼 수도 있고."

"특히 아침 준비에 정말 도움 돼. 전날 밤에 스위치만 켜두면 다음 날 아침에 다 되어 있으니까. 넣을 재료는 가려야 하는데, 그것만 잘 넣으면 별문제 없고."

"넣을 재료를 가린다니, 넣으면 안 되는 것도 있어?"

"껍질에 쌓인 건 부풀어서 빵 터진대. 오징어나 우설 같은 거. 그런 식재료를 조리할 때는 제대로 밑손질을 해야 하는데, 그럼 품 안 들이고 요리하는 행운을 못 누리니까, 그런 재료는 피하지."

뭐든 쉽게 하고 보려는 성격을 고스란히 반영한 내 말에 나가에 부부가 웃음을 터뜨렸다.

"그냥 놔두면 어느새 다 되어 있다, 진짜 좋은데." 나가에가 주머니에서 스마트폰을 꺼내 온라인 사이트를 검색했다. "이 정도 가격이라면 사도 괜찮겠어."

"고마워. 진지하게 생각해 볼게."

나기사는 예전부터 뭐든 정성을 들이곤 했다. 이래저래 품이 많이 들어가는 요리를 즐거워하며 만들었던 게 기억난다. 하지만 지금은 일하면서 육아까지 해내야 하니 수고를 덜 수 있는 부분은 덜어야 한다. 편리함에 구미가 당긴 모양이었다.

그때였다.

머릿속 기억 창고가 자극됐다. '그냥 놔두면 어느새 다 되어 있다'라는 말이 도화선이 되어 확 떠오른 기억 하나.

"그러고 보니……."

내 말에 어른들의 시선이 모여들었다. 갑자기 무슨 일인가 했나보다. 내가 설명하려고 입을 열었을 때, 아이들이 "잘 먹었습니다!"하며 다시 입을 모아 인사했다. 밥그릇, 국그릇, 프라이드치킨 접시가 깔끔히 비어 있다.

"만화 봐도 돼?"

"되는데, 프라이드치킨 때문에 손에 기름 묻었지? 비누로 씻고 와서 봐."

"알았어."

두 아이는 세면장으로 갔다가 금방 다시 돌아왔다. 혹시 몰라 다이의 손을 확인했다.

"그래, 가서 봐."

두 아이는 거실 구석에 나란히 앉아 만화를 보기 시작했다. 우리 집은 나도, 겐타도 만화를 좋아해서 소장한 만화책이 꽤 된다. 반면 나가에네 집에는 만화책이 거의 없다. 그러니 사키한테는 여기가 꿈나라일 거다. 그렇다고 나가에 부부가 만화 보는 걸 나쁘게 생각하는 건 아니다. 그저 관심이 없을 뿐. 가정환경이라는 건 이런 부분에도 반영된다.

"그래서⋯⋯."어른만 남게 된 식탁에서 다시금 나기사가 몸을 쑥 내밀었다. "그러고 보니라니, 뭐가?"

"아, 그거." 나는 아이들 쪽을 흘끔 쳐다봤다. 아이들은 이쪽 일에는 관심조차 없이 만화에 푹 빠져 있었다.

"다이 학교 상급생 중에 올봄에 중학교 입시 치른 애가 있거든."

"아이고, 고생이네."

나기사가 자기 생각을 그대로 드러냈다.

"아니, 꼭 그렇지만도 않아." 옆에서 나가에가 말했다. "교육도 일종의 상품이니까. 공교육은 기본요금, 추가요금을 내면 여러 옵션이 따라오는 이미지랄까. 옵션이 많이 붙을수록 상품 가치가 올라가지. 그 추가요금이 바로 사립학교 학비고, 옵션이 사립학교의 독자적인 커리큘럼인 거고. 자식의 장래를 위해 가능한 한 좋은 상품을 사고 싶은 건 인지상정. 추가 요금을 낼 만한 경제력이 있으면 옵션을 손에 넣을 자격을 얻기 위해 중학교 입시를 치른다, 그렇게 되는 거지."

역시 대학에서 근무하는 사람답다. 대학은 연구 기관이자 동시에 교육 기관이라 중고등학교 사정에도 밝았다.

나가에 본인도 고향에서 최고 수준의 현립 고등학교를 나왔을 터. 좀 더 높은 대학을 노릴 수도 있었을 텐데, 하고 싶은 연구를 할 수 있는 연구실이 있고, 특대생으로 수업료를 면제받을 수 있다는 이유로 우리와 같은 대학에 입학했다. 본인은 '우리 학교는 공부를 도통 안 시켜서 자칫하면 재수할 뻔했다'고 했다. 그러니 나가에 자신은 앞에서 말한 바 기본요금만 낸 것인데, 그래도 특대생으로 합격할 정도였으니 굉장히 우수했다는 뜻이 된다.

반면에 나는 중견 수준의 고등학교에서 선생님의 지독한 잔소리를 들으며 간신히 대학 합격. 위에서 내려온 나가에, 아래에서 기어 올라온 나, 이 둘이 같은 대학에 들어갔다는 말이다. 그래서 평생 친구를 사귀게 됐으니 노력한 보람은 있었다.

"나가에 네 말이 맞긴 하지만, 솔직히 고생스러운 건 맞아."

내가 솔직하게 대답하자 나가에가 재미있어 하는 표정을 지었다.

"그러고 보니 다이도 학원 다닌다고 했지? 역시 중학교 입시?"

나는 곁눈질로 겐타를 봤고, 겐타가 대신 대답했다.

"그러려고요."

"역시 옵션 때문에?"

겐타가 난감한 듯 머리를 긁적였다.

"좀 더 소극적인 이유예요. 이 지역 공립학교가 별로 평판이 좋지 않거든요."

이 지역 공립 중학교가 엉망이라는 얘기는 여기저기서 넘치게 들려왔다. 다이네 초등학교를 졸업하고 그 중학교에 입학한 아이의 부모는 만나기만 하면 그 푸념뿐. 내가 그렇게 덧붙이자 나기사가 팔짱을 꼈다.

"맞다, 얼마 전에 얘기했던 그 장기 말 이름 쌍둥이도 그래서 입시 치렀댔지? 그 공립, 정말 상황이 심각한가 보네."

아내의 말에 나가에가 복잡한 표정을 지었다.

"그럼 우리 동네 학교는 괜찮나?"

"지금까지는." 나기사가 유보적인 태도로 대답했다. "지금은 엉망까지는 아니지만, 그래도 공립은 해마다 상황이 바뀌니까. 사키가 중학교 갈 때쯤에는 어떻게 될는지."

나가에가 만화 보는 딸을 불안한 눈빛으로 바라봤다. 결혼 전만 해도 찾아볼 수 없던 표정이다. 악마에게 영혼을 팔아 두뇌를 샀다는 평이 자자했던 남자도 이제 어엿한 아버지가 됐구나, 실감이 됐다.

"사키는 어떻게 할 거야?"

"아직은 생각 안 하고 있어." 나기사가 바로 대답했다. "4학년 되면 결정해야지. 친한 친구가 입시 준비한다는데, 그럼 나도 할까? 그럴지도 모르고. 그래서, 다이네 학교 선배는? 장기 말 이름 쌍둥이처럼 공립이 엉망이라 피한 거야?"

나기사가 본론으로 말머리를 돌렸다. 나는 애매하게 고개를 가로저었다.

"반만 정답. 학부모회 위원 하면서 알게 된 엄마 둘이 있는데, 그 애들이 중학교 입시 준비하는 중이었거든. 한 명은 모리야마 마사키森山将希라는 남자애, 또 한 명은 고스기 노아小杉乃綾라는 여자애. 그 애들 부모가 완전 대조적이었어. 마사키네 부모는 공립 학교 상태가 어떻든 일단 명문 사립 중고일관교•에 들어가서 명문대 진학을 노리자고 열의에 불타는 타입. 나가에 표현을 빌리자면 풀옵션 장착하려고 만반의 준비를 하는 느낌이랄까. 반면에 노아네는 엉망인 공립을 피해서 사립 여학교에서 자유롭게 크게 하자, 그런 방침이었고."

"음, 정말 대조적이네. 중학교 입시에 대해 잘 모르는 내가 듣기에는 마사키네가 제대로 입시 준비하는 집 느낌인데."

"학원들이 워낙 겁을 주니까 다들 정도에는 차이가 있어도 입시 준비는 잘 시켜보자는 분위기인데, 마사키네는 교육열의 차원이 달랐어. 학부모회에서 두 엄마랑 같이 있게 돼서 얘기를 좀 들었거든. 우리도 입시 치를 생각을 하고 있으니

• 중학교와 고등학교가 6년제로 통합되어 있는 학교

참고가 될까 싶어서. 그랬더니 두 엄마가 하는 이야기가 완전히 딴판인 거야. 오히려 혼란스럽더라고. 둘이 다른 스포츠 경기 이야기를 하는 것 같더라."

"언제부터 입시가 스포츠 경기가 된 거야?"

나기사가 쓴웃음을 지었고, 나도 웃으며 사오싱주를 마셨다.

"적어도 마사키네는 선수 레벨이었지. 다행이라고 해야 할지, 도쿄에는 사립 중학교가 셀 수 없이 많아. 원거리 통학도 고려하면 선택지는 훨씬 많아지고. 가나가와나 사이타마, 지바 같은 수도권 학교로 통학하는 아이들도 있을 정도니까."

"그렇군." 나기사는 바로 이해한 모양이었다. "마사키네는 그 학교들을 전부 조사했다는 거구나."

"맞아. 우리도 이래저래 알아보고는 있는데 도저히 따라갈 수가 없어. 아주 편차치가 낮은 학교 빼고는 여학교까지 대부분 파악하고 있더라고. 시코쿠나 규슈 지방 쪽 사립에 보내서 기숙사 생활을 시키는 것도 생각한 모양이야."

"대단한 부모네."

나기사가 질렸다는 표정을 지었다. 그렇게까지 해야 하는 거면 중학교 입시 안 시키고 말지, 하는 얼굴이다.

"결국 집에서 통학 시간이 한 시간 정도 걸리는 남학교를 제1 지망으로 결정. 그게 다가 아니야. 중학교 입시는 일정 조절만 잘하면 몇 학교든 시험을 칠 수 있으니까 제1 지망부터 제7 지망 정도까지 쫙 정해놓고 전부 합격을 노렸지."

이제 나기사는 아무 대꾸도 못 했다. 입술만 비죽거릴 뿐. 비죽이는 입술로 닭날개를 먹으면서.

"노아네는 마사키네랑은 대조적으로 통학에 무리가 안 되는 학교를 몇 곳 조사해서 그럼 여기로 할까, 하는 식. 혹시 떨어질 때를 대비해서 학교 하나 더 골라놓고. 물론 두 학교 모두 오픈 스쿨이나 문화제 때 노아를 데리고 갔고, 노아 본인이 마음에 들어 한 학교였어."

"학교 고르는 데서 그 정도 차이면, 공부시키는 방식도 어지간히 달랐겠네."

겐타가 쓴웃음을 지었다.

"그렇지." 나는 마사키 엄마의 결사 부대 대원 같던 표정을 떠올렸다. "마사키네는 아이를 합격 실적이 좋다는 학원에 보냈어. 학원 숙제가 산더미라 집에서도 수학 잘했다는 아빠가 계속 붙어서 공부했고. 아빠도 '우리는 중학교 입시 치르고 학교에 못 갔으니 우리 아이만은 어떻게 해서든 명문 학교에 보내고 싶다.', 그런 마음으로 열혈 지도했대. 근데 아이가 기본적으로 공부는 싫다는 아이라 어르고 달래고…… 아무튼 정말 노력했다더라고. 마사키도 본 적 있는데, 밝고 야무지고, 착한 아이였어. 그런 애가 죽도록 공부만 하는 게 좀 안됐더라."

"정말이지 전형적인 교육열 집안이네." 나기사가 한숨을 섞어 말했다. "그야말로 만화에 나올 것 같아."

"실제는 더 뜨거웠지만." 나도 미간에 주름을 잡았다. "마사키는 그렇다 치고, 마사키 엄마도 얼마나 열성적이었는지. 묻기도 전에 현재 상황을 보고해 주는 것만 봐도 그 엄마한테는 아이 교육이 최대 관심사였던 거지."

"근데 노아 엄마는 안 그랬군."

젠타가 다음 이야기를 재촉했다. 나는 사오싱주를 마시며 고개를 끄덕였다.

"노아네 부모들도 본인들이 중학교 입시를 치르질 않아서 중학교 입시 준비에 특화된 학원에 애를 보내긴 했어. 그러긴 했지만, 그 집 아빠는 매일 퇴근이 늦어서 집에서 아이 공부를 봐줄 여력이 없었지. 그래서 그랬는지 '우리 애는 집에서 공부를 전혀 안 해요.' 하면서 따로 개별 지도 학원에도 등록해서 학원 숙제를 해결한다 그랬고."

"어쩐지 쓸데없음의 극치 같네. 괜히 불필요한 비용만 더 들이는 것 같은데.”

나기사가 어처구니없다는 표정을 지었다.

“그렇긴 한데, 노아가 외동이니까 그렇게 돈을 쓸 수 있었겠지. 마사키네는 마사키가 큰애고, 밑에 남동생이 하나, 아들 형제 집이야. 동생은 다이보다 한 살 어린 4학년인데 벌써 학원에 다닐걸. 동생한테도 똑같이 그 돈을 들인다고 생각하면 어지러울 정도라니까.”

우리 집도 아이가 하나라 아이 교육비로 심하게 압박을 받지는 않았다. 그래도 학원에서 이런저런 걸 배우다보면 통장에서 매달 학원비가 쑥쑥 빠져나가니까, 돈이 들어가는구나 하는 실감은 있다. 뭐, 마사키 엄마 분위기로 볼 때 그 집은 입시 교육에 대해서만큼은 돈 생각하지 말자 하는 방침이었으리라.

“아무리 생각해 봐도…… 똑같이 중학교 입시 준비하는 엄마들인데, 그렇게 생각이 다르면 서로 친해지기 어렵지 않나?”

겐타는 좀 이상하다는 얼굴이었다.

역시, 상식적인 내 남편다운 의문이다.

“그건 괜찮았어. 지망하는 학교가 겹치면 서로를 라이벌로 여겼을지 모르지만, 아무래도 남학교랑 여학교니까. 같은 경기라도 리그가 다른 거지. 마사키 엄마는 노아 엄마가 의욕이 부족한 걸 보고 놀란 듯했지만 입 밖으로는 꺼내지 않았어. 노아 엄마도 마사키 엄마 입시 이야기를 웃으며 듣기만 했고."

"흐음." 나기사의 눈이 또 반달 모양이 됐다. "그렇게 재미있게 흘러갔으면 결과도 재미있었겠는데?"

너무 경솔한 말이라 나무랄 수밖에 없었다.

"재미라니 말이 심하지. 그래도 상상한 대로야. 도쿄의 중학교 입시는 2월 1일부터 5일 사이에 집중되는데, 마사키는 우선 2월 1일에 시험을 치른 제1 지망 학교에 떨어졌어."

"아이고."

남의 불행을 재미있어 하는 성격이긴 하지만 아무리 그래도 아이의 불행은 달리 보이는 모양이었다. 나기사는 진심으로 안타깝다는 표정을 지었다.

"그래도 마사키 엄마는 기죽지 않았어. 물론 학교에 따라 다르지만, 중학교 입시의 묘미는 시험 친 당일 밤에 합격 발표가 나는 경우가 많다는 거거든. 게다가 마감 직전에 원서를 내도 시험을 칠 수 있고. 시험 전날 23시 59분까지 학교 홈페이지에 원서를 낼 수 있어. 즉, 1일 결과를 보고 2일 이후에 시험 치는 학교에 원서를 낼 수 있지. 마사키 엄마는 제1 지망 학교에서 미끄러졌다는 걸 알고 바로 2월 2일에 시험을 치르는 제2 지망 학교에 원서를 냈어."

나기사는 몸을 내밀었다.

"그래서, 결과는?"

"2일에 시험 친 제2 지망 학교도 떨어졌고, 3일에는 지망 학교 시험이 없어서 4일에 시험이 있는 제3 지망 학교에 원서를 넣어서 간신히 합격. 결국 그 학교로 진학했어."

"으음." 나기사는 무슨 말을 해야 좋을지 모르겠는지 집게손가락으로 뺨만 긁적였다. "그럼 노아네는⋯⋯."

"2월 1일 오전에 제1 지망 학교, 오후에는 대비책으로 세워 둔 학교 시험을 봐서 둘 다 합격. 물론 제1 지망 학교로 진학했어. 전철 타고 15분 걸리는 곳이라 본인도 학교 다니기 편하다며 좋아했고."

예상대로의 전개였는지 나기사는 입가에 미소를 지었다. "마사키네한테는 좀 미안하지만, 역시 그럴 줄 알았다니까."

"그렇지. 마사키 엄마는 느긋하게만 굴던 노아 엄마가 성공한 걸 받아들이지 못한 것 같지만, 이런 건 누굴 원망할 일도 아니잖아. 그래서 노아 엄마를 앞에 두고 무례한 태도를 보이거나 하진 않았어. 근데 문제는 그다음에 일어났지."

나기사가 몸을 내밀었다. 하여간 이 친구는 정말 남이 툭탁거리는 이야기를 너무 좋아해서 탈이다.

　"졸업식 날이었어. 다이가 재학생 대표로 졸업생들한테 인사하기로 되어 있어서 나도 졸업식에 갔거든. 거기서 노아 엄마가 다른 엄마들과 이야기하는 자리에 같이 있게 됐어. 노아가 사립 중학교 시험을 쳐서 합격했다는 걸 다들 아니까 주변 엄마들이 축하한다고 했지. 그러자 노아 엄마는 한 손으로 손사래를 치면서 '그냥 학원에 넣어놨더니 어느새 붙어버렸지 뭐예요.' 하고 대답했어. 그걸 마사키 엄마가 듣고 만 거지."

　"으아!"

　아수라장이 벌어질 것을 예상했는지 겐타가 인상을 찡그렸다. 하지만 나는 고개를 내저었다.

　"아무리 그래도 졸업식장에서 그런 실랑이를 벌이지는 않지. 그래도 노아 엄마 뒷모습을 잡아먹기라도 할 듯이 쩨려보긴 하더라. 정말 무서웠어. 물론 외동딸인 노아가 졸업하면 노아 엄마는 초등학교 쪽에는 볼일이 없어지니까, 마사키 엄마하고는 볼 일이 없지. 그래서 그게 끝이었어."

　"그렇구나." 나기사가 이제야 이해가 된다는 듯 혼자 고개를 끄덕였다. "나쓰미는 압력솥 이야기를 하다가 노아 엄마가

'어느새 붙어버렸다'라고 했던 걸 떠올리고 이 얘기를 꺼낸 거구나?"

"그렇지. 압력솥이랑 학원에 무슨 공통점이 있겠느냐마는, 어쨌든 넣어놓기만 했다는 게 뭐 비슷하잖아."

"반대로 마사키 엄마는 솥에 넣어놓기만 한 게 아니라 자기가 이래저래 손을 대서 요리를 망쳤고."

그건 또 너무한 말인 것 같아서 나는 무겁게 고개를 가로저었다.

"그렇게까지 나쁜 결과는 아니었어. 제3 지망이기는 했어도 학교 자체는 명문이거든. 관리형 교육으로 타이트하게 공부시켜서 진학 실적도 좋고 말이지. 얼마 전에 역에서 마사키를 봐서 조금 얘기를 나눠봤거든. 엄격한 학교라 공부는 힘들지만, 농구부에 들어가서 동아리 활동도 재미있게 하고 있고 친구도 많이 생겨서 즐겁다고 하더라."

"그럼 다행이다."

마사키와 다이를 겹쳐 보고 있었는지 겐타가 안도의 한숨을 내쉬었다.

"그렇다고는 하나……." 나기사가 개탄하듯 허공을 올려다봤다. "마사키 엄마는 도저히 받아들이기 힘들 것 같아. 자기는 그렇게 입시에 전념했는데 제1 지망 학교에 불합격, 입시에 별로 관심도 없어 보였던 노아 엄마는 성공. 게다가 '어느새 붙어버렸다' 같은 말까지 했으니, 잡아먹을 것 같이 볼 만도 하네."

이번에는 마사키 엄마에게 감정이입을 하고 있다. 좀 전까지 남의 불행을 즐거워했으면서. 하긴 이 이야기를 듣고 노아 엄마에게 공감하기는 어렵겠지만.

나기사가 바로 표정을 고쳤다.

"근데 좋은 얘기를 들었네. 마사키 엄마처럼 온 힘을 기울이지 않아도 입시를 치를 수 있다는 거잖아."

"안 그러면 큰일이지. 내년에는 우리가 바로 그 입장이 되니까."

열심히 만화를 보는 다이를 바라봤다. 내년 이맘때가 되면 다이도 만화 볼 상황이 아닐 것이다. 지금 많이 봐둬라.

사키는 어떨까. 나가에와 나기사의 딸이니 명석한 두뇌를 가졌을 터. 가끔 만나지만 그 정도는 충분히 알 수 있었다. 이 아이라면 만화를 보면서도 명문 학교에 들어갈 것만 같다.

명석한 두뇌를 아이에게 물려준 나가에가 닭날개를 입에 넣고 잘 씹어 삼켰다. 그러면서 말했다.

"마사키는 진학한 곳이 제1 지망 학교가 아니긴 하지만 중학교 생활을 충실하게 보내는 것 같네. 그럼 노아는 어때?"

"잘 지내는 것 같던데." 나는 얼마 전 일을 떠올리며 대답했다. "다이 동급생인 여자애가 노아네 중학교 문화제에 다녀왔다더라고. 거기서 노아를 만났는데 아주 즐거워 보였다던데. 교칙도 엄하지 않고, 학생들도 선생님도 자유분방한 분위기고. 노아 엄마는 아이를 자유롭게 크게 하려고 사립 중학교 입시를 치르게 한 건데 그 뜻대로 됐으니 잘된 거지."

"그렇구나."

나가에는 이상하지만 납득된다는 얼굴이었다. 그 모습을 보고 겐타가 살짝 고개를 갸웃거렸다.

"왜 그러세요?"

나가에가 얼굴을 들며 말했다. "마사키도, 노아도 학교생활을 잘하고 있네요." 그리고 사오싱주를 한 모금 마시고 말을 이었다. "그렇게 공부하느라 온갖 고생을 한 노아도, 편하게 지낸 마사키도 충실한 중학교 생활을 보내고 있다니, 참 다행입니다."

거실에 정적이 내려앉았다.

안쪽에서 만화를 보고 있는 사키의 쿡쿡 웃는 소리가 들려왔지만 어른들 있는 곳에서는 아무 소리도 들리지 않았다.

"아니, 요스코." 나기사가 침묵을 깼다. "그게 무슨 소리야?"

"무슨 소리냐니." 나기사의 남편 나가에가 당연하다는 듯 대답했다. "노아는 고생하면서 공부했으니 합격한 거지. 마사키는 고삐를 풀어 놓게 했는데도 합격한 거고. 실로 축하할 만한 일이라는 뜻이야."

아까 한 말이랑 똑같지 않은가. 내가 불만을 터뜨리자, 나가에는 웃으며 "미안, 미안." 하고 사과했다.

"애초에 이야기를 잘못 이해하고 있잖아." 나기사가 부루퉁한 얼굴로 말했다. "마사키 엄마는 입시에 열을 올렸고, 노아 엄마는 별로 그렇지 못했어. 그런데 결과가 반대여서 신기하다는 거고."

"신기하다고?" 나가에가 갑자기 진지한 표정을 지으며 아내를 바라봤다. "정말로?"

"어, 으음……."

남편의 시선을 정면으로 받고 나기사는 당혹스럽다는 듯 우물거렸다.

"아, 그렇구나." 겐타가 눈을 깜박거렸다. "행동과 결과가 반대라 신기해했다. 그런데 전혀 신기해할 일이 아니라면? 전제부터 의심해야 한다. 결과는 바꿀 길이 없으니 행동을 다시 살펴야 한다. 이런 뜻인 거네요."

나가에가 나기사에서 겐타 쪽으로 시선을 옮기며 싱긋 웃었다. "네, 그 말 그대로입니다. 그래서 저는 그런 식으로 생각해 본 거죠. 물론 노아가 말도 안 되게 똑똑했을 가능성도 있지만, 꼭 그렇지 않아도, 아니, 그럴수록 별로 신기한 일은 아닐 겁니다."

"난 도무지 이해가 안 되네." 나기사가 신음했다. "요스코, 대체 무슨 말을 하고 싶은 거야?"

"그러니까……." 나가에는 공중을 잠시 응시했다. 그렇게 생각을 조금 정리하는 듯하더니 바로 시선을 원래 자리로 되돌렸다. "우선 전제부터 시작해 볼까? 마사키 엄마도, 노아 엄마도 아이를 사립 중학교에 입학시키고 싶어 했다. 이유는 달랐다. 마사키 엄마는 편차치가 높은 학교에 보내길 원했고, 노아 엄마는 엉망인 공립 중학교를 피하고 싶어 했다."

"그렇지." 나는 긍정했다. 그건 사실과 다르지 않았으니까. 나가에는 반대 의견이 나오지 않는 걸 확인하고 다음 말을 이었다. "그리고 또 한 가지 전제. 마사키네도, 노아네도 중학교 입시 준비는 처음이었다."

아까 내가 설명했던 그대로였다.

"그것도 맞아. 두 집 모두 부모가 중학교 입시 경험이 없었어. 게다가 마사키는 형제 중 맏이고, 노아는 외동이었고."

나가에는 만족스럽게 고개를 끄덕였다.

"노아 엄마 입장을 생각해 봐. 동네 공립 중학교에는 절대로 보내고 싶지 않아 했잖아. 그렇게 정해놨으니 '사립학교 떨어지면 공립 보내면 된다', 그렇게 생각하지는 않았겠지."

"그러네요."

겐타가 완전히 이해하지는 못한 얼굴로 맞장구를 쳤다. 나가에는 다시 고개를 끄덕였다.

"노아 엄마한테 노아의 입시는 절대로 실패해선 안 되는 일이었어. 그런데 자기는 중학교 입시 준비를 한 적이 없었고. 첫 도전인데 실패해선 안 된다. 상당히 압박받지 않았을까? 이럴 때 인간은 어떤 행동을 취할까?"

"미친 듯이 노력하겠지." 나기사가 대답했다. "실패하지 않으려면 아이 성적이 어느 정도인지, 그 성적으로 합격할 수 있는 학교가 어디인지 철저히 분석할 거야. 물론 사립이라면 어디든 다 된다, 그런 게 아니니까 합격할 수 있을 것 같은 학교 중에서 가장 좋은 학교를 찾아내서…… 앗!" 나기사가 눈을 번쩍 떴다. "그렇구나. 본래는 노아 엄마가 중학교 입시 준비에 더 열을 올려야 했구나."

"그렇지."

나가에는 아내가 이해하는 모습을 보고 기쁜 표정을 지었다.

"근데 이상하잖아." 내가 이의를 제기했다. "실제로 노아 엄마는 그렇게 하질 않았…… 아, 그게 아닌가." 좀 전에 겐타가 지적한 내용이 떠올랐다. "그렇게 하지 않았다, 그 현실부터 의심해야 했던 거구나."

겐타가 뒤이어 말했다.

"주변에 말만 안 했지 실은 엄청 열심히 조사했다는 건가?"

나가에는 다시 한번 고개를 끄덕인 다음 곧 가로저었다.

"정확히 말하자면 이야기도 했습니다. 노아 엄마는 알아보지 않는다고 말하지 않았어요. 통학에 무리가 안 되는 학교를 몇 곳 조사했다고 했죠. 도쿄 사립 중학교는 수도 없이 많으니 몇 곳이라고 했어도 상당한 숫자였을 거라는 건 상상하기 어렵지 않죠."

그러고 보니 그렇다. 노아 엄마한테서 구체적인 학교 수를 들은 건 아니니까. 통학에 무리가 안 되는 범위를 예를 들어

한 시간으로 잡는다면 학교는 수십 군데나 될 것이다.

　나가에는 세 어른을 차례로 바라보았다.

　"자, 그럼 노아 엄마가 놓인 상황을 정리해 볼까. 딸을 사립 여중에 보내서 자유롭게 크게 하고 싶다. 우연히 전철로 15분 거리에 알맞은 학교가 있어서 꼭 그 학교에 입학시키고 싶다. 중학교 입시 경험이 없지만 실패할 수 없다, 그런 상황이지."

　"어쩐지 점점 마사키 엄마 상황하고 비슷해지네." 나기사가 팔짱을 꼈다. "딸한테 죽도록 공부를 시켰다고 해도 이상하지 않아."

　그러나 나가에는 어리둥절한 표정을 지었다.

　"그렇게 했잖아."

　"뭐!"

　나와 나기사가 동시에 외쳤다.

　"아니, 왜 또 그런 반응이야?" 나가에는 어이없다는 듯 대답했다. "마사키 엄마는 아들을 중학교 입시 대비반이 있는 학원에 보냈어. 그리고 아빠가 학원 숙제까지 가르쳐줬고. 그럼 노아 엄마는? 딸을 중학교 입시 준비해 주는 학원에 보냈어. 그리고 학원 숙제를 따로 개별 지도 학원에 보내서 해결했고. 하는 건 똑같아. 두 집 모두 똑같이 아이에게 공부를 시켰어."

"아……."

나는 입을 떡 벌렸다. 그러고 보니 그렇다. 내가 한 말인데도 나가에의 지적을 받을 때까지 전혀 알아차리지 못했다.

나가에는 위로하듯 말을 이었다.

"나쓰미 넌 마사키 엄마도, 노아 엄마도 둘 다 만났으니까 마사키 엄마의 열렬한 성격 때문에 그 엄마만 아이를 죽도록 공부시키는 것처럼 느꼈을 거야. 하지만 냉정히 따져보면 노아 엄마도 마찬가지로 공부를 시켰어. 다만 시키는 방법이 달랐지."

"시키는 방법이 달랐다……." 겐타가 나가에의 말을 반복했다. "아빠와 개별 지도 학원의 차이인가요?"

"네." 나가에는 사오싱주를 마시고 잔을 내려놓았다. "여기서 두 집의 사고방식 차이를 엿볼 수 있어요. 마사키네는 좀 풀어주고, 노아네는 좀 엄하다는."

"그러니까……." 내 목소리에는 조급함이 섞여 있었다. "그건 완전히 바꿔 말한 거 아니야?"

전제를 의심해 보는 중이었지만, 그렇게 반론하고 말았다.

나가에가 쓴웃음에 가까운 표정을 지었다.

"경험이 전무했던 마사키네는 중학교 입시 준비에 대해 열심히 조사했어. 그 결과, 도저히 입시 학원에 안 보내면 안 되겠다고 판단을 내리고 아이를 학원에 보냈지. 학원에서는 숙제를 많이 내줬고, 그걸 집에서 마사키 아빠가 가르쳤어."

"그게 뭐가 이상하다는 거야?" 나기사가 끼어들었다. "전혀 풀어주는 게 아닌데."

"과연 그럴까?" 나가에는 그렇게 말하며 겐타를 봤다. "평일 저녁에 집에서 아빠가 아이랑 계속 같이 공부한다. 그건 아이 입장에서 어떤 환경이었을까요?"

"아이가 아주 좋아했겠죠." 겐타는 즉시 대답하고 열심히 만화를 보는 다이를 바라봤다. "저는 평일에는 다이가 깨어 있는 시간에 퇴근하는 일이 별로 없어요. 부자가 함께 보내는 시간이 부족하죠. 평일에 못 한 걸 주말에 보상한다고는 하지만 늘 미안한 마음입니다. 그런데 마사키네는 부자가 친밀하게 시간을 보낸 거네요."

"맞습니다." 나가에는 기쁘게 고개를 끄덕였다. "저도 매일 밤 늦어서 상황은 겐타 씨랑 똑같아요. 공부를 좋아하지는 않지만, 아빠가 계속 같이 있어 준다. 아이한테는 참 든든했을 겁니다. 학원만 다니면 숨이 막힐 텐데 아빠랑 같이 공부하면 기분 전환도 할 수 있고요. 게다가 문제를 잘 풀면 아빠가 칭찬까지 해주죠. 마사키한테는 힘들긴 하지만 아주 충실한 시간이 아니었을까요? 마사키네 부모가 의도한 건지는 모르겠지만, 부모가 늘 자녀 곁에 있어 준 겁니다. 틀림없이 다정한 부모겠죠."

"근데 노아네는 마사키네랑 달랐다……." 나기사는 그렇게 말했지만 말끝에서 완전히 이해하지 못한 듯한 느낌이 배어 나왔다. "어떻게?"

"노아네는 좀 팍팍한 느낌이지." 나가에가 다른 생각은 전혀 없는 듯 딱 잘라 말했다. "마사키네랑 마찬가지로 중학교 입시 준비는 처음. 이 집도 알아보니 학원에 안 다니고는 안 되겠다는 걸 알았겠지. 학원에서 숙제를 산더미처럼 내준 것도 마찬가지. 그런데 그 숙제를 어떻게 할지에서 판단이 갈렸어. 마사키네는 아빠가 도맡았고, 노아네는 전문가의 힘을 빌리기로 한 거지."

"그게 개별 지도 학원이었다는 거구나." 나기사가 끙하고 신음했다. 이제야 이해했다는 듯이. "중학교 입시 전문가가 내준 숙제를 중학교 입시 전문가가 지도해 준다. 하긴, 확실히 공부에는 도움이 됐겠네. 근데 엄격한 환경에서 엄격한 환경으로 이동하는 거라 노아 입장에서는 쉴 틈이 없었겠어. 기분 진환도 안 됐을 거고. 계속 입시에 대한 압박감에 시달렸을 거야. 압력솥에서 조려지듯이."

이제야 나도 그림이 보이기 시작했다. 첫 중학교 입시 준비에 가족 모두가 총동원된 마사키네. 전문가에게 맡기고 결과만 얻으려 했던 노아네.

어느새 붙어버렸다.

정말 그 말 그대로였다. 전문가가 이리저리 움직이면 결과는 나온다. 결과란, 노아의 합격. 그래도 그건 노아를 압력솥에 넣고 조린 결과다.

"결과가 가설을 증명해 주고 있어." 나가에가 조금 슬프게 말했다. "마사키네는 아빠가 열정적으로 가르쳤지. 수학을 잘했다니 아이가 가장 싫어하는 수학도 술술 가르쳐줬을 거야. 하지만 그건 자기 방식으로 가르친 거였어. 학원에서처럼 중학교 입시에 딱 맞게 가르치는 건 아니었지. 마사키는 학원과 집, 두 곳에서 전혀 다른 지도 방식을 대했던 거야. 당연히 혼란스러웠겠지. 그건 단순히 시험 점수 면만 생각하면 부정적인 영향을 끼쳐. 마사키가 제1, 제2 지망 학교에서 떨어진 건 그 때문이었을지 몰라."

나는 언젠가 들었던 말을 떠올렸다. 대학교수라는 공부 전문가인 나가에가 사키의 공부를 잘 가르치지 못한다는 말. 마사키 아빠도 마찬가지일지 모른다. 공부를 잘해서 아이를 가르쳤지만 입시 쪽으로 적합한 지도는 하지 못했을지도.

"반면에 노아는 제1 지망에 합격했죠." 겐타가 말을 받았다. "노아를 지도한 사람은 모두 전문가. 본인은 많이 힘들었겠지만, 합격을 향한 최단 거리를 달린 거였어요. 합격은 당연한 결말이었던 거네요."

"잠깐만." 나기사가 두 아빠의 대화에 끼어들었다. "노아 엄마는 딸을 자유롭게 크게 하려고 사립 여학교에 보내고 싶어 한 거잖아? 그런데 그렇게 독하게 공부시킬 필요가 있었을까?"

당연한 의문이다. 하지만 나가에는 고개를 내저었다. "노아 엄마는 딸을 자유롭게 키우고 싶어 했어. 자유롭게. 즉, 노아 엄마가 이상적으로 생각했던 건 학생들을 너무 엄격하게 조이지 않는 학교였던 거야."

"그랬겠지." 나기사가 동의했다. "적어도 마사키네 학교처럼 관리형 교육으로 타이트하게 공부시키는 학교는 아니니까."

"그럴 거야. 중요한 건 자유분방하든, 관리형이든 단순히 생각의 차이일 뿐, 우열은 존재하지 않는다는 것. 사립학교에는 나름의 건학 이념이 있어. 편차치가 높은 학교라 규칙이 엄하고, 낮은 학교라 느슨하고 그런 건 아니야."

나기사는 눈을 깜박였다. "……아아, 그렇구나."

"졸업식 때 일을 떠올려 봐. 노아 엄마가 '어느새 붙어버렸다'라고 말했을 때 마사키 엄마가 그야말로 매섭게 노려봤다던. 노아가 제1 지망에 합격했다고 해도 그 학교가 마사키네 학교보다 편차치가 낮은 학교였다면, 어땠을까? 마사키 엄마의 가치관으로 볼 때 그렇게 매섭게 노려봤을까?"

"노아가 들어간 중학교가 일류 소리 듣는 고등학교였다는 거구나……."

내가 중얼거렸다.

그래. 나가에가 졸업한 고등학교는 그 지역에서는 최고 수준의 학교. 그래도 선생님이 공부만 강요하지는 않았단다. 진짜 우수한 학생만 있는 학교는 아마 다 그럴 것이다. 알아서 해라, 알아서 커라. 물론 의욕이 있는 학생한테는 최대한의 지도를 한다. 그렇지 않은 학생은 스스로 물러나면 된다. 대다수를 차지하는 우수한 학생들이 일류 대학 진학 실적을 확보해주니 성적 낮은 학생들이 대학 입시에 실패해도 큰 문제가 되지 않는다. 어떤 의미에서 자기 책임하에 자유롭게 학교생활을 즐길 수 있다. 노아가 간 곳도 바로 그런 학교인 것이다.

"노아는 자유로운 중학교 생활을 위해 초등학교 때 제대로 놀지도 못하고 계속되는 압력을 견뎠어. 모순되는 것 같지만 그게 입시의 현실이지. 결국 그런 고통을 견뎌낸 노아가 승자가 된 것뿐."

"그런데 마사키네는 달랐어." 나기사가 말을 이었다. "열혈 지도라고 하면서 사실은 아빠의 느슨한 독자 노선 때문에 혼란만 가중됐지. 그 결과 제3 지망 학교에 가게 됐지만, 노력은 배신하지 않았어. 제3 지망이라도 충실한 중학교 생활을 보내고 있다니, 대성공." 나기사는 나를 흘끔 쳐다보았다. "그런 점에서 마사키네 유형이든, 노아네 유형이든 중학교 입시는 어떻게든 되는 모양인데. 너희 가족은 어떻게 할 거야?"

"으음……." 나는 잠시 생각하는 시늉을 했다. "어느 쪽도 아니야. 집집마다 방식이 다 다른 거 아니겠어? 다이는 마사키도 아니고, 노아도 아니야. 학원 선생님과 상담해서 최적의 길을 찾을래."

"아, 뭐야, 재미없게." 나기사가 일부러 억지스럽게 한숨을 내쉬었다. "하긴 뭐, 다이라면 어떤 길을 가도 충분히 잘할 것 같지만."

"어? 뭐가요?"

다이가 식탁으로 다가왔다. 주스를 가지러 온 모양이다. 잔 두 개에 오렌지 주스를 따라주며 나는 말했다.

"지금부터 중학교 입시 때까지 너한테 얼마나 압박을 가할지 이야기하던 참이었어."

"네……?"

다이가 슬슬 뒷걸음질했다. 그 모습이 너무 재미나서 식탁을 빙 둘러 웃음꽃이 피었다.

"괜찮아." 나가에가 친구 부부의 아들을 따듯하게 바라봤다. "다이는 좋은 재료라 특별한 방법을 안 써도 멋진 게 나올 거야."

"그거 칭찬이야?"

혹시 몰라 확인해 본다.

"물론이지." 나가에가 미소 지었다. "멋지게 자란 다이가 벌써 기대되는걸."

샤르도네 와인 × 삼겹살구이

'적절히'라는
말의 뜻을 모른다

"오호." 우리 집에 한 발 들인 순간, 나가에 나기사가 요상한 소리를 내뱉었다. "여기가 후유키네 새 보금자리구나?"

"맞아." 나, 후유키 나쓰미가 현관에서 맞이하며 가슴을 활짝 폈다. "어서 들어와."

"실례하겠습니다."

나가에 부부의 외동딸, 사키가 활기차게 인사하며 신발을 벗었다. 사키의 아빠, 나가에 다카아키가 손에 든 비닐봉지를 내 눈높이에 맞춰 내밀었다.

"자, 오늘 술."

'적절히'라는 말의 뜻을 모른다

"고마워."

병 두 개의 무게를 받아들며, 세 사람을 거실로 안내했다. 이전에 살던 집보다 훨씬 넓어진 다이닝룸 겸 거실에서 남편 겐타와 아들 다이가 앞치마 차림으로 테이블 세팅을 하고 있었다.

"어서 오세요."

"안녕하세요." 그렇게 말하며 나가에 다카아키가 흐뭇하게 웃었다. "다이, 앞치마가 잘 어울리는데!"

다이는 수줍은지 머리를 긁적이려 했지만, 음식을 다루는 중인 걸 깨달았는지 금방 손을 멈췄다.

"요즘 시대에 집안일 못하는 남자는 가치가 없지."

내 단호한 말에 나기사가 열심히 고개를 끄덕였다. 그렇게 말했지만 겐타는 혼자 오래 자취 생활을 한 덕분에 집안일은 뭐든 다 잘했다. 심지어 요리도 나보다 훨씬 잘할 정도. 남편이 한심해서 아들을 교육시키는 건 아니었다.

"다이, 사키 왔으니까 먼저 밥 먹어."

"응, 알았어."

다이가 앞치마를 벗고 손을 씻었다. 대신 내가 주방에 들어가 받은 술을 냉장고에 넣었다. 그리고 미리 준비해 둔 어린

이용 저녁 식사를 접시에 담아냈다.

나기사가 접시를 들여다봤다. "돼지고기 가쿠니角煮*네."

"응, 얼마 전에 말했던 전기 압력솥이 대활약 중이야. 매콤 달콤하게 간해서 애들 입맛에 딱일 거야."

"술안주가 아니었군?"

"뭐든 술이랑 연결하지 좀 마."

"나쓰미, 너한테는 그런 말 듣고 싶지 않은데."

오랜 친구와 쓸데없는 잡담을 나누면서 상추 샐러드를 덜어냈다. 밥공기에 밥을 가득 담고, 컵에 보리차를 따랐다.

"준비 다 됐다."

"네!" 하는 기운 넘치는 대답과 함께 아이들이 식탁 앞에 앉았다. "잘 먹겠습니다."

"어른들은 일단 이거라도 먹고 있어."

맥주와 함께 자이언트 콘**을 냈다. 건배한 다음, 나는 다시 주방으로 돌아왔다. 이제부터 메인이 되는 안주를 조리해야 했기에.

● 돼지 삼겹살 등을 포함한 재료를 사각썰기 해 달게 조린 요리
●● 알 굵은 옥수수를 튀긴 과자

'적절히'라는 말의 뜻을 모른다

나와 나가에 부부는 대학 시절부터 친구다. 셋은 성격이 전혀 다르지만 어째서인지 죽이 척척 맞아 자주 같이 술 마시러 다녔다. 우리 모두 취직한 곳이 수도권이기도 해서 사회인이 되고 나서도 자기 일정을 조정해 나가에 집에 찾아가 술을 마시곤 했다. 내가 겐타와 결혼한 뒤에는 그까지 합세해 네 사람의 술 모임이 이어지고 있다.

그런데 나가에와 나기사가 결혼한 지 얼마 안 돼서 나가에가 미국 대학으로 일터를 옮기고 말았다. 나기사는 당연하다는 듯 함께 미국으로 건너갔고, 현지에서 사키가 태어났다. 그대로 평생 못 만나는 줄 알았는데, 나가에가 모교에 준교수로 돌아왔다. 그래서 다시 가족 간 술 모임이 부활하게 된 것이다.

독신일 때는 나가에가 사는 원룸에 모였지만, 이제는 각자 아이가 생겨 두 가족의 집을 오간다. 이번에는 우리 집, 그것도 새로 이사한 집에 모였다.

"신축이라서 그런지 역시 깔끔하네요." 나가에가 실내를 빙 둘러봤다. "내 집 마련을 한 계기가 있나요?"

"계기라고 해야 하나……." 겐타가 대답했다. "솔직히 많이 망설였어요. 집을 산다는 건 거주지를 옮기는 것이니 다이의 통학도 고려해야 해서요. 그런데 마침 근처 맨션에 방 하나가

나온 거예요. 갓 나왔을 때는 비싸서 엄두도 못 냈는데 손이 닿을 정도까지 가격이 내려가 준 덕분에 살 결심을 했습니다."

나기사가 신기하다는 표정을 지었다.

"맨션 가격이 그렇게 내려가기도 하나요?"

"짓고 나서 1년이 지나면 신축이라고는 안 한다네요. 그러면 가격이 상당히 떨어져서, 가격을 낮춰서라도 그나마 신축이라고 불릴 수 있을 때 얼른 팔려고 한다고 부동산업자가 설명을 하더군요."

"게다가 우리 남편은 바로 그 빈틈을 파고들어서 값을 더 깎았지."

내가 주방에서 참견했다. 새로운 집은 카운터 키친이라 요리하는 중에도 대화에 참여할 수 있다.

"오." 나기사가 몸을 내밀었다. "얼마 정도 깎았는데?"

역시 대놓고 물어본다. 나는 마치 내 공적이라도 되는 듯 대답했다. "대충 새 차 한 대 값은 굳었지."

"대단한데?"

"역시 무리되는 금액이었는지 영업 담당자가 단독으로 결정 못 하고 사내 품의까지 받아야 했대."

나가에가 눈을 동그랗게 떴다. "겐타 씨가 구매부나 영업부였던가요?"

"아니요, 인사담당입니다."

"게다가 흥정 잘하는 간사이 출신도 아니지."

"네, 고향은 니가타거든요."

여기저기에 실례되는 발언을 주고받던 사이, 요리가 완성
됐다.

"자, 많이 기다렸지?"

프라이팬에서 접시로 음식을 옮겨 담은 다음 겐타에게 넘
겨줬다. 그걸 받아 든 겐타가 접시를 식탁 위에 올렸다.

"삼겹살구이입니다."

그렇다. 접시에는 가로세로 2센티미터 정도로 잘린 돼지 삼
겹살이 노릇하게 구워져 담겨 있었다.

"겉보기에는 꼭 닭 꼬치구이 같네요."

나가에가 한마디 했다.

고기의 크기를 보고 연상한 걸까. 그 말에 겐타가 대답하려
는데 옆에서 다이가 불쑥 끼어들었다.

"먹어도 돼?"

살펴보니 벌써 자기 몫의 밥은 다 먹은 뒤였다. 손님용이어
서 안 된다고 말하기도 전에 나가에가 "응, 먹어도 돼." 하고

가볍게 대답했다. 다이가 젓가락을 뻗어 한 조각 집었다. 이어서 사키도. 둘이 동시에 고기를 입에 넣었다.

"……."

"……."

둘 다 미묘한 표정을 지었다. 삼겹살에 붙은 비계 맛이 입에 안 맞았을까. "이제 됐어." 하고 다이가 젓가락을 내려놓자, 사키도 "잘 먹었습니다." 하고 인사했다.

"너희한테는 아직 이르지."

나기사가 깔깔 웃었다.

내 입장에서도 아이들이 전부 먹어버리지 않아 다행이었다.

"놀 거면 손이랑 입 닦고 놀아."

"응."

두 아이는 얌전히 하라는 대로 한 뒤에 새로 마련한 소파에서 만화를 보기 시작했다. 이제부터는 어른들의 시간이다.

"술은 가지고 와준 걸로."

냉장고에서 병을 꺼냈다. 화이트와인이다. 와인 잔을 네 개 늘어놓았다.

"제대로 된 화이트와인을 마시고 싶다고 해서 오스트레일리아 샤르도네로 가지고 왔어."

'적절히'라는 말의 뜻을 모른다

나기사의 설명대로 라벨에는 '메이드 인 오스트레일리아'라고 적혀 있었다. 흰 라벨이 아주 시원한 느낌이다. 스크루 캡을 돌려 딴 뒤 잔 네 개에 와인을 따랐다.

"뜨끈할 때 어서 먹어."

다시 쨍하고 잔을 부딪쳤다.

우선 돼지 삼겹살을 하나 집었다. 입에 넣자 '바삭' 같기도 '와작' 같기도 한 식감과 함께 비곗살의 감칠맛이 입안에 확 퍼졌다. 좀 더 씹자 이번에는 고기 본연의 맛이 제대로 우러나왔다. 이어서 와인을 입에 머금었다. 과일 맛 가득한 액체가 입안에서 기름기를 확 씻어내 개운한 끝맛이 남았다. 그래, 찰떡이다.

"흐음." 나기사가 혼자 생각하고 결론을 내리듯 고개를 끄덕였다. "이거 정말 맛있네."

"그지?"

"그러고 보니 겐타 씨, 아까 무슨 말 하려고 하셨죠?"

나가에가 삼겹살을 씹으며 와인을 마시고는 물었다.

"아, 네." 겐타가 잔을 내려놓고 입을 열었다. "나가에 씨가 닭 꼬치구이 같다고 했는데, 그 말이 맞아요." 역시나 설명 부족. 본인도 그걸 아는지 곧 말을 이었다. "인사담당 일이라는 게 출장으로 이런저런 공장이나 영업처에 갈 일이 많거든요. 얼마 전에는 후쿠오카의 하카타에 갔는데 거기서 지점 동기랑 닭 꼬치구이 가게에 갔죠. 하카타에서는 '닭 꼬치구이' 집 간판 메뉴가 돼지 삼겹살 꼬치구이이더라고요. 하도 맛있게 먹어서 집에서 재현할 수 없을까 고민하다가 이렇게 해봤습니다."

"집에서는 굳이 꼬치에 뭘 필요 없으니까." 내가 뒷말을 받았다. "숯불로 구워서 불필요한 지방을 태울 수도 없으니 프라이팬으로 구웠어. 열을 가하면 지방이 녹아 나오거든. 돼지 자체의 기름으로 튀기듯 구운 거지."

"그렇구나." 나기사가 젓가락으로 돼지고기를 집어 빤히 살폈다. "말만큼 간단한 요리가 아니네. 지방이 많이 남으면 텁텁하고 식감도 안 좋으니까. 그렇다고 지방이 전혀 안 남게 바짝 구우면 퍼석해서 고소한 감칠맛이 없고. 적절히 기름기를 빼고, 적절히 튀기듯 굽는다. 상당한 기술이 필요하겠는걸?"

"상당한 기술인지는 모르겠지만 시행착오는 제법 많이 했어."

"대단하네."

'적절히'라는 말의 뜻을 모른다

진심이 담긴 말투였다. 나기사는 입은 험하지만 술과 음식에 대해서라면 칭찬을 아끼지 않는다.

"하카타라면 소주랑 먹는 이미지가 강한데, 이렇게 화이트와인과도 잘 어울리네요."

나가에 역시 진심으로 감탄한 듯했다. 겐타가 고개를 끄덕였다.

"화이트와인에 어떻게 맞춰야 좋을지도 닭 꼬치구이 집 사장님한테 비법을 배워 왔거든요. 타레로 간하면 어울리지 않겠지만, 이번처럼 소금만으로 간하면 쓸데없는 맛이 배지 않아서 좋죠."

"아하." 나기사가 삼겹살을 입으로 옮겼다. "후추도 안 뿌렸네. 고기 자체의 맛만 남긴 거구나."

"후추를 뿌려도 그건 그것대로 어울릴걸요?"

아무래도 이 사람들하고 술을 마시면 세계의 진리에 도달할 것만 같다. 그래도 다들 정신 차리도록. 나는 돼지고기를 프라이팬에 구웠을 뿐이라고.

나기사가 또 한 조각을 입에 넣었다. "음! 역시 절묘한 맛이야." 화이트와인을 마신다. "돼지고기의 매력은 역시 비계 아니겠어? 그런데 그걸 일부러 떨구면서 매력을 최대한으로 발휘하다니. 없애면서도 너무 없애지 않는다. 딱 알맞게 적절히, 정말 훌륭해."

하여간 말이 참 과장스럽다. 나는 흘끔 사키를 쳐다봤다. 저 애도 나중에 크면 엄마 닮아 이런 성격이 되는 걸까. 가능하면 안 그러기를.

"적절히……." 겐타가 나기사의 말을 반복했다. "그러네요."

그 말투에는 단순한 맞장구 이외의 울림이 있었다. 내가 살짝 고개를 갸웃거리자 겐타가 잔을 내려놓았다.

"예전 회사 부하 직원 생각이 나서 말이야." 겐타가 말했다. "나쓰미, 당신 기억 안 나? 스기야스杉安라고, 인사부 있던."

그 이름을 듣자 아랫볼이 살짝 불룩한 애교 넘치는 얼굴이 떠올랐다.

"아, 있었지. 근데 회사 그만두지 않았어?"

"응, 작년에 퇴사했어. 해외에서 일하고 싶어 했는데 인사 발령을 못 받아서 무역 회사로 이직했지."

"어?" 나는 기억을 되짚어봤다. "그런 이유였나? 마쓰마루 유키松丸結季 씨랑 헤어져서 상처받고 그만둔 게 아니라?"

"그런 거 아니야." 남편이 한 손으로 손사래를 쳤다. "마쓰마루 씨하고 헤어진 건 사실이고 시기도 엇비슷하지만 뜻이 있

'적절히'라는 말의 뜻을 모른다

어 이직한 거였어."

"그 회사 가서 또 인사부에 배치되면 어쩌려고?"

"아니, 그건 채용할 때 약속을 받았대. 지금은 중국이나 동남아시아를 상대로 즐겁게 이리저리 뛰어다니고 있어."

"그럼 다행이네요." 나기사가 대화에 끼어들었다. "근데 그 스기야스 씨가 왜요?"

"그게 말이죠……." 겐타는 이제야 본론이 생각났는지 나가에 부부 쪽을 향해 몸을 돌렸다.

"일은 참 정확하게 잘하는데 아무래도 '적절히'라는 말이 무슨 뜻인지 모르는 것 같더라고요."

"그게 무슨 뜻이에요?"

"극단적인 성격이거든요." 겐타는 그 시절이 그립다는 눈빛을 해보였다. "뭔가 시작하면 철저히 해야 직성이 풀리는 성미예요. 예를 들면 스키요. 친구 권유로 시작했는데 재미있었는지 이 산 저 산 누비다 스키 강사 자격증까지 땄죠."

"그거 대단하네."

"이직 계기였던 해외 업무만 해도 원래는 별로 관심 없었어요. 오히려 영어를 싫어했죠. 그런데 회사에 영어 회화 학원 보조금을 대주는 제도가 생겨서 그냥 다녀보기로 했다가 원어민처럼 능숙해진 거예요. 대단하죠."

"노력할 수 있는 사람이네요." 나가에가 이 자리에 없는 젊은이에게 공감했는지 온화한 미소를 지었다. "모두가 그렇게 노력할 수 있는 건 아니니까요."

"그렇죠. 젠타가 솔직하게 고개를 끄덕였다. "그런데 모든 면에서 노력한 건 아닙니다. 관심 없는 일은 아주 대충이었거든요. 게다가, 그 기준이 애매했고요."

"기준이라니, 어떤 걸 열심히 하고 어떤 걸 대충하나 하는 기준 말이야?"

내가 묻자 젠타가 고개를 끄덕였다.

"응. 스키나 영어 회화처럼 상당한 노력이 필요한 건 최선을 다하고 일상의 잡무는 대충하고, 그런 거면 차라리 이해를 하겠어. 그런데 꼭 그런 것도 아니야. 집안일 하나만 봐도 빨래는 성실하게 잘하는데, 청소는 대충이었으니까."

"빨래는 성실하게 했다……." 대단히 큰 문제에 직면했다는 듯 나기사가 팔짱을 꼈다. "그건 그냥 빨래를 안 하면 입을 게 없어서 그런 게 아닐까요?"

누구나 할 법한 말에 젠타는 고개를 내저었다. "아니요, 속옷이랑 수건 같은 거라면 그렇겠지만 이불 커버까지 매주 빨더라고요. 혼자 사는 독신 총각이."

"오……." 나기사가 나가에를 흘끔 쳐다보면서 말했다. "참 보기 드문 남자네."

나가에가 태연하게 고개를 홱 돌렸다. 그걸 보니 나가에는 혼자 살 때 이불 커버를 열심히 빨지는 않은 듯했다. 나가에를 편드는 건 아니었지만 일단 반론을 펴봤다.

"근데 살림하는 사람도 그렇게는 안 빨지 않아?"

"하긴, 그렇지."

자기 집 일을 떠올렸는지 나기사가 자못 이해가 간다는 표정을 지어 보였다. 물론 우리 집도 마찬가지였다. 이불은 세 채뿐이지만 맞벌이를 하다 보니 집안일 하는 게 그리 쉽지 않다. 이불 커버 같은 건 어쩔 수 없이 우선순위가 낮아진다.

"그럼 혹시……." 나기사가 목소리를 낮췄다. 만화 보느라 정신이 없는 두 아이를 흘끔 본 다음 말을 이었다. "마쓰마루 유키 씨? 그 여자친구가 집에 와 자고 가서 그런 게 아닐까?"

갑자기 이야기가 리얼하게 흘러갔다.

"그럴지도 모르겠지만……." 겐타가 난처한 표정을 지었다. "그럼 청소도 제대로 할 것 같은데요."

"그건 그렇네." 나도 남편 편을 들었다. "그보다 젊은 아가씨가 남자친구가 이불 커버를 몇 번이나 빠는지까지 신경 쓰나? 넌 신경 썼니?"

나기사가 쓴웃음을 지었다. 물론 나도 마찬가지였으니 누굴 타박할 처지는 아니었다.

"다시 말해……." 나가에가 입을 열었다. "여자친구가 결벽증인 건 아니라는 거네."

"그렇지." 내가 대답했다. "비서실 직원인데, 깔끔한 쇼트커트 미인. 본인은 깔끔하고 예쁘지만 남자친구 방이 깨끗한지 따지는 타입은 아니야."

"그냥 평범한 사람이구나." 나기사가 안심한 듯 말했다. 마쓰마루 유키 씨가 남자친구의 이불 커버 세탁까지 따지고 드는 여자고, 그게 요즘 젊은 여자들의 기준이라면 도저히 체면이 안 선다, 그런 심정이 엿보였다. "그건 그렇다고 해도, 겐타 씨가 '청소는 대충'이라고 했잖아요? '대충'이라는 건 어쨌든 청소를 안 하는 건 아니니까, 방이 온통 더럽고 이불 커버만 깔끔한 건 아닐 것 같은데요?"

"네, 그렇죠." 겐타 역시 리얼한 이야기가 나와 안절부절못했는지 이제야 마음이 놓인다는 표정이었다. "저는 가본 적이 없어서 모르는데, 방에 가본 직장 동료 말에 의하면, 빈말이라도 깔끔하다고 할 수는 없지만 그렇다고 더럽다고 할 정도는 아니라고 하더군요."

"그거참 미묘하네." 상상하기 어렵다는 듯 나기사가 인상을 썼다. "대체 어떤 방이었던 걸까요?"

"사실 움직이는 장치가 하나 있었어요." 겐타가 대답했다. "로봇 청소기요."

"로봇 청소기요?"

나기사가 그렇게 말하며 주변을 둘러보았다. 마치 이 방이 로봇 청소기로 청소된 게 아닌가 살피듯이. 안타깝지만, 편리한 가전제품을 좋아하는 우리 집도 로봇 청소기는 아직 들이지 못했다. 그래도 이제 막 산 맨션이니만큼 일반 청소기로 깨끗하게 청소하고 있다.

겐타는 고개를 끄덕였다.

"네. 그런데 아쉽게도 센서나 카메라가 없는 저가형이었대요. 그래서 방 구석구석까지 깔끔하게 청소는 못 해줘서 방 귀퉁이에 먼지나 쓰레기가 그대로 남아 있었다고요."

"아하." 이제야 알겠다는 듯 나기사가 픽 웃었다. "청소는 귀찮아서 하기 싫지만 더러운 방에서 살기는 싫다. 그러니 로봇 청소기로 청소한 기분이라도 들게 하자, 그런 건가?"

"저가형이라도 어느 정도는 깨끗하게 해주니까." 나도 동의했다. "아침에 출근할 때 스위치 켜놓으면 퇴근할 때까지 먼지는 어느 정도 청소해 주잖아. 100점 아니고 70점 정도 노리는 거면 충분히 도움이 되지."

"하긴, 네모난 방에서 동그라미 모양으로 청소하는 것도 아니고, 먼지 흡입이 안 되는 구석은 본인도 잘 안 갈 테니까 별로 볼 일도 없을 테고." 나기사가 팔짱을 꼈다. "합리적이라면 합리적이네."

"적어도 본인은 '적절히 청소했다'라고 했다네요."

"하하하." 나기사가 웃음을 터뜨렸다. "정말 '적절히'라는 말의 뜻을 모르는 사람이네요."

"하지만 그런 생각으로 로봇 청소기를 사용한다면……." 나가에가 뒤이어 말했다. "어느 정도라도 깔끔한 건 바닥뿐이고, 높은 곳은 엉망이라는 말 아닙니까?"

"정답입니다." 겐타도 웃었다. "책상 위에는 온갖 물건들이 다 나와 있어서 도저히 먼지를 닦을 상황이 아니었다고. 원래 잡동사니가 많아 전체적으로 어수선한 분위기라 책상 어지러운 게 묘하게 어울렸다더군요."

"빨래는 성실, 청소는 대충." 나기사가 이야기를 재촉했다.

'적절히'라는 말의 뜻을 모른다

"그럼 요리는 어땠으려나요?"

"집에서 뭘 만들어 먹기는 하는 모양이었어요. 어느 정도로 요리를 잘했는지는 모르겠지만요. 단, 뒷정리는 대충 쪽인 듯했어요. 동료가 갔을 때는 사용한 식기가 싱크대에 꽤 쌓여 있었다죠."

나기사가 그 모습을 상상했는지 얼굴을 찌푸렸다. 나도 같은 마음이었지만, 그래도 어차피 남의 방 사정이다.

"근데 그런 방에 어떻게 직장 동료를 불러들일 생각을 했대?"

내가 물었다.

"그게, 딱히 초대한 건 아니었고……." 겐타가 와인을 한 모금 마시고 말을 이었다. "마침 직장 동료들하고 그 집 근처 주점에서 한잔했다더라고. 당신도 알지? 미조구치溝口랑 시모야마下山, 그리고 노자토野里."

"……아아, 그 기차 화통 삼인방?"

나기사가 눈을 깜박거렸다.

"아니, 그건 또 뭐야?"

"우리 회사에 꼭 기차 화통이라도 삶아 먹은 것처럼 목청이 큰 사람들이 있거든. 그게 바로 좀 전에 겐타가 말한 세 명. 총무부 부장이 회의실 앞을 걷고 있는데, 안에서 노성 오가는 소리가 들려서 싸우는 줄 알고 안으로 뛰어 들어갔을 정도였으니까. 한 명만 있어도 시끄러운데 셋이 사이가 좋아서 세 배나 더 정신없어. 럭비를 했던 미조구치 씨, 응원단 출신인 시모야마 씨, 그 둘은 그렇다 쳐. 긴 생머리 찰랑이는 부잣집 아가씨 같은 노자토 씨까지 목청이 크다니까. 회사에서는 완전 유명해."

"혹시……" 나기사가 겐타 쪽을 봤다. "그 사람들, 다 인사부 소속인가요?"

겐타가 손가락으로 뺨을 긁적였다. "부끄럽게도, 그렇습니다." 그러고는 '그래도 다들 일은 잘합니다.' 하고 부하 직원들을 두둔했다. "아무튼 그 셋하고 스기야스가 술을 마셨는데, 2차는 스기야스 집에 가서 마시기로 했대요. 로봇 청소기 덕분에 방 한가운데는 깨끗해서 다들 거기 둘러앉아 술을 마셨다고요. 제가 들은 건 그때 이야기예요. 다만, 안 그래도 목청 좋은 사람들인데, 취하니 더 커져버려서. 옆집에서 민원이 들어오는 바람에 이제 2차로 그 집은 절대 안 가는 걸로 됐다네요."

"그렇겠네요."

나기사가 스기야스 씨가 아니라 이웃 주민들이 안됐다는

'적절히'라는 말의 뜻을 모른다

얼굴로 끄덕거렸다.

내가 대신 입을 열었다.

"근데, 마쓰마루 유키 씨는 별로 신경 안 쓰였나보네. 자기가 직접 청소기를 돌려서 방을 깨끗이 청소하지도, 대신 설거지를 해주지도 않았으니."

"헤어졌다며?"

"방이 더러워서 헤어진 건 아니라지만, 실제로는 모르지." 나는 남편에게 얼굴을 돌렸다. "진짜 사정은 어땠는데?"

겐타는 고개를 가로저었다.

"헤어진 이유까지는 나도 몰라. 싸워서 헤어졌을지도 모르고, 스기야스가 이직한 회사가 히로시마였으니까 원거리 연애를 할 바에야 그냥 헤어지자, 그랬을지도 모르고. 아니, 그보다 여자친구가 있는데 굳이 멀리 이직하는 것 자체를 용납못 했을지도 모르지. 전근이라면 또 모르겠지만."

하긴 전부 이유가 될 법했다. 겐타가 말을 이었다.

"나는 마쓰마루 씨하고 직접 아는 사이가 아니라 이야기해본 적 없어. 게다가 비서실하고 인사부는 사무실 층도 달라서 헤어졌을 때 어땠는지 상황도 모르고. 그래도 스기야스가 한동안 멍해 보이긴 하더라고. 충격을 받았나봐. 아무리 기차 화통 삼인방이라도 말 걸기 민망했는지 인사부 사무실이 잠시 조용했어. 스기야스가 이직한 건 그 일이 있고 얼마 뒤. 마쓰마루 씨하고 헤어진 상처로 그만둔 건 아니겠지만, 어쨌든 마쓰마루 씨 곁을 떠날 수 있어서 안심했겠지." 겐타는 이야기를 마친 뒤에 와인을 마셨다. 그리고 돼지고기를 집었다. "요는, 싸구려 로봇 청소기를 돌리면서 '적절하다'고 말하는 사람도 있다는 거죠. 스기야스한테 맡기면 아마 이 요리도 엉망이 될걸요."

"나쓰미는 상식이 있어서 다행이라는 말씀인가요?"

나기사가 반쯤 웃으며 말했다. '나쓰미가 상식이 있다니, 그거 참 우습네요.' 하는 얼굴이다.

나는 나가에 쪽을 슬쩍 봤다. 이 남자도 아내 말에 동의하는 건가 싶었지만, 이쪽을 쳐다보지도 않고 담담히 돼지고기를 먹고 와인을 마실 뿐.

"흐음." 나가에가 혼잣말처럼 중얼거리더니 얼굴을 들어 겐타에게 눈길을 주었다. "스기야스 씨는 이직해서 히로시마로 갔다고 하셨죠?"

"네."

"히로시마라면 좀처럼 스키 타러 가기 어렵겠네요. 그렇게 열심히 강사 자격증까지 땄는데."

"그런 건 별로 신경 안 쓰는 거 같더라고요." 겐타는 기억을 더듬는 표정이었다. "송별회 때 미조구치가 같은 얘기를 했거든요. 근데 스기야스는 '이제 스키는 탈 만큼 탔으니 됐다', 그렇게 대답했어요. 그보다 이직한 회사 사람이 낚시나 하러 가자고 그랬다고, 세토내해에서 바다낚시를 할 게 기대된다고 하던데요."

"그렇군요." 나가에가 고개를 끄덕였다. "스키 타러는 차로 다녔나요? 도쿄라면 차로 다니는 사람도 적지 않은데."

"네, 차로요. 저도 본 적 있습니다. 30년 정도 전에 나온 프랑스제 구형 차. 안팎이 깔끔하게 닦여 있더라고요. 엄청나게 까진 아니더라도 그 차를 제법 좋아한 모양이에요."

"그 차는 어떻게 됐습니까?"

"팔았다네요. 도쿄에는 구형 차량을 관리해 주는 업체가 있지만, 히로시마에 있을지는 잘 모르겠다고 그러면서요. 만약에 그쪽에서 낚시에 빠지면 낚시용 차를 따로 사겠죠."

"그럴지도 모르겠네요."

별것 아닌 대화처럼 보였지만 어쩐지 위화감이 느껴졌다. 나가에는 대체 무슨 생각을 하는 걸까?

"나가에, 무슨 생각 하는 거야?" 나는 그렇게 물어보았다.

"아, 다행이다 싶어서." 나가에는 화이트와인을 마신 다음 잔을 내려놓았다. "스기야스 씨한테 실연의 도피처가 있어서."

신축 맨션의 실내가 정적에 휩싸였다. 방음도 잘 되어 있고 아이들도 조용히 만화를 보는 중이라 그야말로 침묵이 소리 없이 내려앉은 느낌이었다. 나도, 겐타도, 나기사도 아무 말 없이 나가에를 바라볼 뿐이었다. 당사자인 나가에는 혼자 묵묵히 화이트와인만 마셨다.

"……요스코." 나기사가 낮은 목소리로 말했다. "그게 무슨 뜻이야?"

"무슨 뜻이긴." 나가에가 아내 쪽을 돌아봤다. "아까 나쓰미가 그랬잖아. 스기야스 씨, 실연의 상처로 그만둔 거 아니냐고."

"그랬지."

"그 말 그대로야. 스기야스 씨는 해외 업무를 희망해서 이직한 게 아니야. 연인과 헤어지고 도망간 곳이 어쩌다 보니 해외를 상대로 하는 기업이었을 뿐이지."

"무슨 소리인지 하나도 모르겠는데." 내가 말했다. "설명 좀 해줘."

'적절히'라는 말의 뜻을 모른다

"알았어." 나가에는 순순히 대답한 뒤 생각을 정리하기라도 하듯 잠시 허공을 주시했다. "이야기의 계기가 된 '적절히'라는 말에서부터 시작할까. 스기야스 씨는 흥미가 생긴 일은 끝까지 파고드는 성격이었어. 원래부터 일을 정확하고 치밀하게 하는 사람이었다니까 그건 이해가 돼. 스키를 시작하면 강사 자격까지 따고, 영어 회화를 시작하면 원어민처럼 실력을 기르고. 그런 철저한 모습을 보고 겐타 씨는 '적절히'라는 말 뜻이 무슨 뜻인지 모른다고 평가했지."

"네, 맞습니다."

겐타가 나가에의 진의를 모르겠다는 얼굴로 대답했다.

"그 말은 즉, 그저 취미로 즐기는 선에서 끝내지 않다는 것. 그러려면 시간도, 돈도 들여야 하지. 적절히 즐기고 다른 것도 하면 될 텐데. 주변에서는 그렇게 생각할지 모르지만, 본인한테는 아주 자연스러운 일이었어. 여기서 생각해 보자. 스기야스 씨 본인은 자신이 '적절히'라는 말이 무슨 뜻인지 모른다고 생각했을까?"

"어……?" 의외의 질문에 나기사는 바로 대답하지 못했다. "……그렇게 생각하진 않았겠지."

아내의 대답에 나가에는 미소로 화답했다. 정답이었나보다.

"맞아. 물론 자신의 대응이 적절하다고 생각하지는 않았을 거야. 그래도 스기야스 씨 본인한테는 그게 자연스러웠지. 즉, 스기야스 씨는 '적절히라는 말을 모르는 사람'인 거야. '적절히'라는 말이 무슨 뜻인지 모르는 사람이 아니라."

"……."

나기사는 침묵했다. 남편이 옳다는 걸 인정했던 것이다.

"그럼 왜 겐타 씨는 스기야마 씨가 '적절히'라는 말이 무슨 뜻인지 모르는 것 같다고 했을까? 그건 일을 대충 한다는 말도 들었기 때문이야."

"청소 말이야? 로봇 청소기를 써서 대충 치운다는?"

내가 물었다. 질문이라기보다 확인 차원의 맞장구였다. 나가에에게 와인을 마실 틈을 주기 위해서. 나가에는 그사이에 와인을 한 모금 마시고 손을 모아 고맙다는 표시를 했다. 역시 오랜 친구다.

"그래, 이야기를 들어보면 스기야스 씨는 청소에 관심이 없는 것 같아. 아니, 그런 일에 수고와 시간을 들이고 싶지 않은 거지. 그래서 로봇 청소기를 쓴 거고. 비싼 기종을 쓰면 방이 좀 더 깨끗해졌을지도 모르지만 청소에 별로 관심이 없는 스기야스 씨는 청소에 큰돈을 들이고 싶지 않았어. 그래서 최소한의 기능만 갖춘 저가형으로 때웠던 거야."

"아마 그랬을 겁니다."

겐타가 역시 잘 모르겠다는 얼굴로 대답했다. 나가에는 그런 겐타에게 미안한 듯 웃어 보였다.

"그래도 어엿한 사회인이니 집이 더러운 게 좋은 게 아니라는 건 알았을 거예요. 방 이곳저곳에 쓰레기나 먼지가 남더라도 아예 청소를 안 하는 것보다는 낫다, 그렇게 생각하는 것도 충분히 이해할 수 있습니다. 그리고 그걸 '적절히 청소했다'고 표현했죠. 철저한 태도와 크게 차이가 나니 겐타 씨는 '적절히라는 말이 무슨 뜻인지 모른다'고 했습니다. 그 자체는 틀리지 않은 표현이라고 생각합니다." 나가에가 다시 와인을 마시고 말을 이었다. "하지만 저는 그 부분이 걸렸습니다. 겐타 씨 표현이 아니라 '적절히 청소했다'라고 말한 스기야스 씨의 생각에. 아무리 봐도 어중간한 상태, 그걸 '적절히'라고 한 건 역시 이상합니다. 그건 '적절히라는 말의 뜻을 모르는 사람'이라기보다는 '적절히라는 말을 잘못 사용한다'에 가까우니까요. 부적절한 표현인데도 스기야스 씨는 굳이 그 말을 썼습니다. 명확한 의지가 느껴져요."

"명확한 의지?" 나기사가 따라 말했다. "그게 뭐야?"

나가에는 그 질문에는 곧장 대답하지 않았다.

"거기까지 생각하고 나니 이번에는 로봇 청소기라는 선택지가 이상하게 느껴지더라고. 겐타 씨 말로는 스기야스 씨 방에 잡동사니가 많고 전체적으로 어수선한 분위기라고 했잖아. 로봇 청소기를 써본 적 없어도 대충 상상할 수 있지 않아? 로봇 청소기가 바닥에 물건을 많이 깔아두는 방에는 거의 쓸모가 없다는 거."

나는 텔레비전 광고에 자주 나오던 로봇 청소기를 떠올렸다. 광고 속에서 로봇 청소기는 넓고 평평한 바닥을 질주했다. 물건이 잔뜩 깔린 방이 아니었다.

"그러네."

"방 한가운데는 비어 있었다고 하니 잡다한 물건은 벽 쪽으로 치워졌겠지. 근데 로봇 청소기는 물건이 있는 곳은 청소할 수가 없으니 딱 방 한가운데에서 말고는 활약할 수 없어. 스기야스 씨가 자기 방이 로봇 청소기와는 맞지 않는다는 걸 몰랐을 리 없지. 그런데도 샀어. 그건 정말로 방 한가운데만 청소하면 된다고 생각했다는 뜻이 되지."

"으음." 나기사가 다시 팔짱을 꼈다. "요스코 네 설명은 다 맞아. 근데 사실을 따라만 가고 있지 의문점은 전혀 해결 못

하고 있어. 물건이 놓인 곳에는 로봇 청소기만이 아니라 사람도 못 들어갈 테니 깨끗이 할 필요가 없다, 그렇게 생각해도 이상할 거 없잖아?"

"그래, 맞아." 나가에는 싱긋 웃었다. "그 점을 기억하고 있어봐."

나기사가 어리둥절해하고 있는 데 나가에가 다시 이야기를 시작했다.

"청소에는 관심이 없다. 요리는 하지만 설거지는 싫어한다. 그런데 빨래는 성실히 한다. 독신 총각이면서 매주 이불 커버를 빨 정도로. 겐타 씨는 기준을 모르겠다고 했는데, 정말 그 말대로 아무런 규칙이 없어 보인다는 느낌이 들어. 그때 문득 이런 생각이 들었지." 나가에는 겐타를 정면으로 바라봤다. "겐타 씨는 기차 화통 삼인방한테 방 상태에 대한 이야기를 들었다고 했죠? 언제 들었습니까?"

갑작스러운 질문에 겐타가 기억을 되짚었다. "망년회 때요. 스기야스가 미인이라는 마쓰마루 씨와 사귀고 있다는 이야기가 발단이 됐던 것 같아요. 망년회니까 술에 취해서 아주 큰 소리로 떠들었죠."

"그렇군요……." 나가에는 이해가 되는지 안 되는지 알 수 없는 미묘한 표정을 지었다. "밖에서 술을 마시고, 취해서 2차로 스기야스 씨 집으로 쳐들어갔습니다. 이웃 주민의 민원까지 들어와서 이제 더는 2차 술자리 장소로는 쓸 수 없게 됐죠. 그런 것치고는 묘하게 묘사가 세세하지 않나요?"

"……."

겐타가 입을 반쯤 벌렸다. 그 심정은 이해가 됐다. 나가에는 전혀 생각지 못한 부분을 지적했다.

나가에는 천천히 말했다.

"사람이 드나들 수 있는 방 한가운데 빼고는 청소를 안 한다. 당연하긴 하지만 반대로 따지면 사람이 드나드는 곳은 청소를 한다는 뜻이죠. 그리고 이불 커버를 자주 빤다. 사람이 자주 드나드는 곳, 사람이 덮는 이불. 스기야스 씨는 거기만 깨끗이 했습니다. 왜?"

"아앗!" 갑자기 나기사가 소리쳤다. 아이들이 깜짝 놀라 이쪽을 쳐다봤지만 나기사는 신경 쓰지 않고 말했다. "혹시 바람피운 거야?"

오싹했다. 나기사의 말을 들은 순간, 그 광경이 눈에 보였던 것이다. 바람피운 걸 들키지 않으려고 외도 상대와 있던 방 한가운데와 이불 커버를 열심히 세탁하는 스기야스 씨의 모

'적절히'라는 말의 뜻을 모른다

습이.

"아마 머리카락 때문이었겠지." 나가에가 말했다. "드라마는 아니지만 자신의 것과 스기야스 씨 것도 아닌 다른 머리카락이 떨어져 있으면 바로 외도부터 의심하게 되잖아. 특히 이불 커버에 떨어져 있다면 더더욱. 숨기려면 깔끔히 빨 수밖에 없지."

하지만 젠타는 고개를 갸웃거렸다.

"그런가요? 나가에 씨 말을 듣고 보니 집안일 중에서 빨래만 그렇게 열심히 하는 게 이상하게 보이긴 하네요. 그래도, 바람피운 걸 숨기려 한 거면 그냥 청소 테이프 같은 것으로 이불 커버에서 머리카락만 떼어내면 되지 않나요? 옷이나 수건 세탁하고 달리 이불 커버는 이불에서 벗겨 빤 다음 다시 속 이불을 끼워 넣어야 하잖아요. 청소가 귀찮아서 로봇에 맡기는 스기야스인데, 자기가 나서서 빨래는 안 할 것 같은데요."

"아니, 그렇지가 않아." 나는 바로 부정했다. "방은 그렇다 쳐도 이불 커버는 그렇게 해서는 안 돼. 화장품, 향수, 린스. 여자들이 향기 나는 제품을 정말 많이 쓰거든. 이불에 향이 밸 수밖에 없지. 마쓰마루 씨가 그걸 모를 리 없잖아. 그러니 빨래를 하는 수밖에."

겐타가 또 입을 떡 벌렸다.

"아아, 그렇구나."

나기사가 그 뒤를 받았다.

"아하, 차 시트도 머리카락이 떨어져 있기 좋은 장소긴 하지만, 원래 깔끔하게 청소한다니 그건 별문제가 없었겠네. 그러니 조심해야 하는 건 방바닥과 이불 커버뿐이었던 거지. 아까 요스코는 그걸 확인했던 거구나?"

"거기서 기차 화통 삼인방의 중요성이 드러나는 거네요." 겐타가 신음했다. "만취한 상태에서 한 번 방에 간 것 가지고 어떻게 그렇게 세세히 묘사할 수 있었을까. 분명 몇 번이나 방에 드나든 사람이 있었던 겁니다. 그 사람은 머리칼도 길었고요. 쇼트커트인 마쓰마루 씨와는 달리."

"노자토 씨……." 나는 혀끝으로 밀어내듯 말했다. "노자토 씨가 외도 상대였다는 뜻이야?"

"그렇게 생각하면 모든 설명이 딱 맞아떨어져." 남편을 대신해 나기사가 해설했다. "스기야스 씨는 마쓰마루 씨와 헤어지고 노자토 씨와 사귀는 길은 선택하지 않았어. 어떻게든 둘과 사귀려고 했던 거지. 그러려고 꾀를 냈어. 이불 커버는 함께 쓰는 거니 자주 빤다고 변명할 수 있잖아. 로봇 청소기를 산

'적절히'라는 말의 뜻을 모른다

건 청소를 싫어한다고 했으니 모순되지 않고. 마쓰마루 씨를 속여 넘기면서 바람피우기에 딱 알맞은 도구였지."

"근데 들켰구나."

"그렇겠지." 나가에가 한숨을 푹 내쉬었다. "거짓말은 언젠가 다 드러나게 돼 있어. 어떤 식으로 난리가 났는지는 모르겠지만 결국 헤어진 거지. 그건 뭐 어쩔 수 없는 일이야. 사내연애가 제대로 풀리지 않는 경우야 흔하잖아. 근데 외도 상대도 같은 회사 사람이라면 상황이 다르지. 게다가 같은 부서였으니. 마쓰마루 씨가 노자토 씨한테 따지고 들었는지는 모르겠지만, 노자토 씨까지 싸움에 휘말리게 돼서 스기야스 씨는 그녀와도 계속 만나기가 어려웠던 거야."

"그래서 사무실이 조용했던 거군요……."

겐타가 이제야 이해가 간다는 얼굴을 했다.

"미조구치와 시타야마는 둘 사이를 몰랐던 거네요. 그래서 수면 위로 진실이 드러난 거고요. 삼각관계의 아수라장이라는 형태로. 노자토와 사이가 좋았던 두 사람 입장에서 스기야스는 친구에게 상처를 준 악당. 그래서 스기야스한테 아예 말도 걸지 않았다. 같은 회사 사람을 세 명이나 적으로 돌린 스기야스는 회사에 있기 힘들어 결국 그만뒀다……."

"그래서 요스코가 그렇게 말했던 거구나?" 나기사가 이야기를 정리했다. "실연의 도피처가 있어서 참 다행이라고."

또다시 실내에 침묵이 내려앉았다. 다들 묵묵히 돼지고기를 먹고 화이트와인을 마셨다. 모두가 두 여자의 마음을 가지고 놀다 결국 회사를 그만둔 남자에 대해 생각하는 거였다.

"이 가설이 사실이라면 스기야스는 정말 나쁜 짓을 한 거네." 겐타가 나직이 말했다. "외도 뿐만이 아니야. 자기 장점을 무기로 한 게 아니라 단점을 도구로 사용했잖아. 그건 결코 자신을 드높이는 일이 아니라 오히려 바닥으로 떨어지게 하는 행위인데. 스기야스가 회사를 그만둔 건 아쉽지만 정신적으로 타락해 가는 것보다는 훨씬 낫네."

"스기야스 씨는 아직 젊으니까." 나는 남편의 말끝을 이었다. "환경도 바뀌었으니 이제는 정신 차리고 착실히 살겠지. 다만 극단적으로 변하지는 않기를." 나는 화이트와인을 끝까지 들이켰다. "뭐든 적절히 하는 게 좋아."

'적절히'라는 말의 뜻을 모른다

맥주 × 다코야키

문어 안 든
다코야키

"우와!" 식탁 앞에 놓인 물건을 보고 나도 모르게 괴성을 내질렀다. "나가에네 집에 다코야키 기계가 있다니!"

"누가 준 거야." 나가에 나기사가 잔을 준비하며 말했다. "지인 결혼식 2차 파티 때 빙고 대회가 있었거든. 신랑신부 둘 다 간사이 사람들이라 그런지 경품 중 하나가 그거였어."

식탁 위의 다코야키 기계는 직사각형 철판이 얹힌 모양새였다. 세로로 네 줄, 가로로 여섯 줄 구멍이 있으니 한 번에 스물네 개를 구워낼 수 있다.

"집에서 다코야키 구워본 적도, 다코야키 안주로 술 마셔본

적도 없어서 도전해 보고 싶더라고."

나기사의 남편인 다카아키가 그렇게 덧붙였다.

"하긴, 다코야키는 길거리 음식이라 약간 간식처럼 먹는 경향이 있죠." 내 남편, 후유키 겐타가 연신 고개를 끄덕였다. "요즘 다코야키 전문점 중에는 술도 같이 마실 수 있는 곳이 있다는데, 가본 적은 없네요."

나, 후유키 나쓰미 그리고 나가에 다카아키와 나가에 나기사 부부는 대학 시절부터 술친구다. 사회인이 되고 나서도 수도권에 산다는 이유로 기회만 되면 나가에의 원룸 맨션에 모여 술을 마시곤 했다. 내가 겐타와 결혼하고 나서는 그까지 넷이서 모이게 됐다.

그 후에 나가에와 나기사가 결혼하고, 우리 집에서는 다이가 태어났고, 나가에 부부가 미국으로 건너가 현지에서 사키를 낳았다. 그렇게 정신없이 자기 생활을 하느라 한동안 중단됐던 술 모임이 나가에네의 귀국과 함께 부활했다.

메뉴가 다코야키라 다이도, 사키도 처음부터 어른들과 같이 식탁 앞에 자리를 잡았다. 주방으로 모습을 감췄던 나가에가 큰 쟁반을 두 손에 들고 돌아왔다. 은색 볼에 든 것은 물에 녹인 다코야키 반죽. 함께 얹혀 있는 접시 몇 개에는 다코야키 재료들. 다코야키의 주인공인 문어는 역시 집에서 만들어 먹는 만큼 큼직큼직했다. 채 썬 양배추, 작게 썬 떡, 붉은 초생강, 봉지에 담긴 튀김 부스러기도 있었다.

"다이는 문어 먹어도 괜찮니?"

나가에가 물었다.

"네, 얼마나 좋아하는데요."

다이가 야무진 어조로 대답했다. 나가에와는 몇 번이나 만나서 그런지 이제 주눅 드는 모습도 보이지 않았다.

"그러고 보니 사키는 어때?"

이번에는 내가 물었다. 문어를 싫어하는 아이는 많다. 딱딱하고 씹기에 질긴 그 독특한 식감이 싫은 것이리라. 다이가 문어가 든 다코야키를 먹을 수 있게 된 것도 사실 초등학교 3학년이 되고 나서부터다. 즉, 딱 지금 사키 나이 때였다.

"아, 애는 예전부터 괜찮아. 밀가루랑 소스라면 정신없이 달려든다니까."

엄마가 딸을 대신해 설명했다. 사키는 아주 기대된다는 듯 활짝 웃어 보였다. 몇 번이나 같이 밥을 먹어서인지 이 아이와도 상당히 많이 친해졌다.

"그럼 이제 시작해 볼까."

문어 안 든 다코야키

나기사가 그렇게 말하며 페트병에 담긴 주스를 두 아이에게 따라주었다. 그와 동시에 겐타가 가지고 온 큰 아이스박스를 열고, 안에서 커다란 맥주 통을 꺼냈다.

"오호." 나기사가 눈을 빛냈다. "이거 업소용 맥주 통 아니에요?"

"네." 겐타가 맥주 통을 서버와 연결하며 대답했다. "이거 한 번 써보고 싶었거든요. 그래도 우리 부부 둘이 마시기에는 너무 많아서 이번에 가지고 왔습니다."

"아하, 맥주는 맡겨달라고 해서 뭔가 했더니 아예 전용 서버를 가지고 올 줄이야. 이렇게 무거운 걸 들고 오게 해서 죄송합니다."

하긴, 손님이 갑자기 캐리어 카트에 큰 짐을 싣고 오면 누구나 의아하게 여길 터.

겐타가 가볍게 한 손을 흔들었다.

"아니에요. 그래도 집에 갈 때는 되도록 가볍게 가져가고 싶으니 꽉꽉 비워주세요."

"그건 문제없죠."

나기사가 자신만만하게 말하자 주변에서 웃음이 터져 나왔다.

나기사가 냉장고에서 차게 식혀둔 잔을 꺼내 오자 겐타가 차례로 맥주를 따랐다. 정성스럽게 따른 덕분에 맥주와 거품의 균형도 절묘했다. 내가 따랐으면 80퍼센트는 거품이었을 텐데.

"그럼 건배!"

네 잔의 맥주와 두 잔의 주스 잔이 위로 들렸다. 맥주를 한 모금. 가을이 됐지만 역시 차가운 맥주가 맛있다.

나가에가 다코야키 기계를 켜고 철판 구멍에 기름을 발랐다. 판이 충분히 데워진 것을 확인하고 반죽을 흘려 넣었다. 상당히 적은 양이다. 큼지막한 문어가 들어가 아르키메데스의 욕조처럼 넘치지 않도록 하기 위한 것일 터. 떡, 붉은 초생강, 양배추를 그 위에 조심스럽게 얹었다. 튀김 부스러기는 좀 많이. 마지막으로 문어. 속을 다 넣은 후, 다시 다코야키 반죽을 구멍에 가득 찰 때까지 부었다.

"자, 이제 천천히 기다리자."

다코야키가 다 구워질 동안 나기사가 믹스넛 봉지를 뜯어 접시에 가득 담았다. 믹스넛은 영양가도 있고 맥주 안주로도 안성맞춤이다. 게다가 어지간히 많이 먹지 않는 한 배가 부르지 않아 이후 즐길 요리에도 방해가 되지 않는다. 적절한 선택이다.

다코야키가 타닥타닥 구워지는 소리. 나가에가 송곳처럼 생긴 다코야키 뒤집개를 쥐고 다코야키를 하나씩 뒤집었다. 예전에 아르바이트라도 한 것 같은 능숙한 손놀림. 이 남자, 정말 못 하는 게 없구나.

그리고 또 기다리기를 2분.

"이제 다 됐겠지?"

나가에가 가장자리의 다코야키를 철판에서 하나 꺼내 접시 위에서 갈라보았다. 척 보기에도 속까지 제대로 구워져 있다.

다 구워진 다코야키를 우선 절반 정도 접시에 덜었다. 나기사가 다코야키 소스를 뿌렸다. 가다랑어포와 김 가루도. 마요네즈까지 뿌리지는 않았는데 사키가 안 좋아하는 건지, 아니면 나기사의 취향인 건지. 그 접시를 아이들 앞에 내려놓았다.

"자, 어서 먹으렴."

"잘 먹겠습니다."

사키와 다이가 동시에 젓가락을 들었다. "앗 뜨거워!" 하면서도 맛있게 잘 먹는다. 나가에 작품이니 실패했을 리 없겠지만 정말 잘 구워진 듯했다.

"어른들도 먹을까."

나가에가 남은 절반을 접시에 옮겨 담으며 말했다. 그러고는 구멍에 다시 기름을 바르고 다시 다코야키를 굽기 시작했다.

우리 집도 다코야키에 마요네즈는 뿌리지 않는 편이다. 소스와 가다랑어포, 김 가루를 뿌린다. 거기에 시치미 조미료도 살짝.

다코야키를 입으로 배달했다. 기름을 넉넉히 써서 그런지 표면이 바삭바삭. 떡 덕분에 속은 말랑말랑. 동시에 튀김 부스러기 덕분에 가벼운 식감. 다코야키를 삼킨 다음, 맥주를 흘려 넣었다. 열기와 소스의 매콤함이 싹 씻겨 나가면서 입안에 상쾌한 쓴맛만이 남았다. 그래, 이거야말로 어른의 식사다.

"정말 맛있네요." 겐타가 실로 감탄했다는 어조로 말하고 맥주를 마셨다. "갓 구워서 그런 것도 있겠지만 역시 문어가 큰 게 참 마음에 들어요. 밖에서 먹을 때는 이렇게 큰 문어를 넣지 않으니까요."

"그렇죠?" 나기사가 자랑스럽게 가슴을 폈다. 아무래도 본인이 이 크기로 문어를 자른 모양이었다. "다코야키에 든 문어가 작으면 얼마나 실망스러운데요."

"한번 시험해 보시겠어요?" 나가에가 그렇게 말하며 철판

끝 구멍 네 개에서 문어를 빼냈다. 다른 재료는 그대로 두고, 다 구워지는 걸 기다렸다가 네 접시에 한 개씩 올려주었다.

"자, 시식해 보시죠."

마찬가지로 소스와 김 가루, 가다랑어포를 뿌려 입에 넣었다. 겉은 바삭바삭, 속은 말랑말랑. 식감도 똑같이 가볍다. 하지만, 뭔가 확실히 부족했다. 상실감이 느껴진다고 해야 할까.

"이건 안 되겠네." 나기사가 직원의 기획안을 퇴짜놓는 사장 같은 얼굴로 말했다. "코스 요리에 메인 요리가 빠진 것 같아. ……아니, 그보다 더해. 요리에서 가장 중요한 게 빠졌으니까."

"다른 건 딱 좋은데 말이죠." 겐타도 복잡한 표정을 지었다. "정작 중요한 것이 빠지니 그 즉시 가치 없는 것으로 취급된다. 무섭네요."

"다른 것들이 다 좋으니 더더욱 주인공의 빈자리가 크게 느껴지는 거겠지."

그때였다.

기억 창고의 어느 한구석이 자극됐다. 비슷한 경험을 한 듯한, 아니, 비슷한 이야기를 들은 것 같은 기분.

"잘 먹었습니다."

다이와 사키가 동시에 젓가락을 내려놓았다. 살펴보니 벌써 두 접시나 비웠다. 아무렴, 다코야키인데 굳이 더 먹으라고 할 필요가 있겠나.

"저쪽에서 텔레비전 봐도 돼?"

"되는데, 손이랑 입부터 닦고. 소스 묻었어."

나기사가 통에서 물티슈 두 장을 뽑아 두 아이에게 건네주었고, 아이들은 손과 입을 닦았다.

"이제 됐지?"

두 엄마가 자기 아이 입가를 확인했다.

"그래, 가서 봐. 그리고 텔레비전 소리는 좀 줄이고."

"알았어."

아이들이 방 한구석에 놓인 텔레비전 앞으로 갔다. 사키가 리모컨을 조작해 녹화해 둔 버라이어티 방송을 재생했다. 그걸 곁눈질하면서 기억을 되짚었다. 아, 생각났다.

"그러고 보니……." 내 목소리에 어른들의 시선이 한곳으로 모였다. "전에 '문어 안 든 다코야키 같다'라는 이야기를 들은 적이 있어서."

나기사가 관심이 가는지 몸을 내밀었다.

"그건 무슨 말?"

나는 아이들 쪽을 흘끗 살폈다. 다이는 텔레비전 화면에 눈길이 못 박힌 채였다. 저 상태라면 이야기를 들을 걱정은 안 해도 될 터.

"다이 친구 부모님이 이혼했을 때 얘긴데……." 나는 남편을 향해 얼굴을 돌렸다. "다이랑 친했던 사이키 신지斎木真二라는 애 기억나?"

겐타는 기억을 더듬어보듯 허공을 응시했다. 금방 생각이 난 모양이었다.

"아, 다이가 2, 3학년 무렵에 그 이름 자주 들은 것 같은데. 다이가 공부를 가르쳐주기도 하고, 신지가 게임 캐릭터를 알려주기도 하고, 그러면서 사이좋게 지냈지? 그러고 보니 요즘 통 소식을 못 들었네."

"전학 갔거든."

"부모님이 이혼해서?"

나기사가 대화에 끼어들었다.

나는 고개를 끄덕였다.

"응, 엄마가 군마현 출신이라 아이를 데리고 고향으로 돌아간 것 같더라. 다이 초등학교는 1학기 끝날 때 학부모회의 간담회가 열리는데, 그때 선생님하고 한 학기를 돌아보는 시간을 갖거든. 그때 그 엄마 본인한테서 들었어."

"그랬구나." 겐타가 나가에에게 빈 잔을 받아 맥주를 따랐다. 대량의 맥주는 순조롭게 소비되는 중이었다. "이혼이야 어쩔 수 없지. 우리 회사에도 몇 커플 있어. 그래서, 그게 다코야키하고 무슨 관련이 있는데?"

"그러니까……." 나가에가 새로 따른 맥주를 한 모금 마시며 입을 열었다. "그건 아내가 남편을 가리키며 한 말이겠군."

역시 나가에. 이해가 빠르다.

"정답. 나는 그 애 아빠는 본 적 없어. 아빠는 학부모 활동에는 전혀 참여 안 했거든."

"그 말을 들으면 내가 찔리는데."

겐타가 머리를 긁적였다.

학부모회의 일은 거의 내가 도맡고 있는 게 사실이었다. 그래도 겐타는 운동회 같은 큰 행사에는 참석했고, 아이의 학원이나 따로 배우는 것들도 나한테 맡기지만 않고 적극적으로 챙기도 있다. 아빠로서 충분히 육아 활동에 참여하고 있다고 봐도 좋으리라. 하지만 나는 일부러 짓궂게 말했다.

"그래서 그 아빠에 대해선 학부모회의 술자리에서 들은 게 다야. 어느 정도 예상이 되겠지만, 전원 엄마 회원들이다 보니까, 술자리가 남편 흥보기 대회가 된단 말이지."

"우리 학교도 그래."

나기사도 금방 동의했다.

두 남편은 얼른 표정을 숨기며 동시에 맥주를 마셨다. 하지만 나는 안다. 나기사가 흉을 보면 듣는 사람한테는 확실히 남편 자랑으로 들린다는 걸.

"아무튼 다들 남편 흉을 봤는데, 신지 엄마가 흉보면서 한 말이 하도 독창적이라 아직까지 기억에 남아 있네."

"독창적인 흉이라, 대단하네." 겐타가 자세를 고치며 말했다. "예를 들면 어떤?"

"비유가 아주 기가 막혔어." 나는 신지 엄마의 홀쭉한 얼굴을 떠올리며 말했다. "음, '우리 남편은 신지가 아기일 때 밖에서 아무리 울어도 신경을 안 썼거든요. 우는 아이하고 마름한테는 못 당한다*고 하잖아요? 근데 그 사람은 우는 아이가 못 당하는 마름인 거죠'라든가, '유치원 운동회는 어차피 유치원에서 DVD로 만들어 팔 테니까 나는 안 찍겠다지 않나, 외주만 주는 남자예요'라든가, '자기 아이한테 공부 가르치는 게 수상쩍을 정도로 다정하더라고요. 어디서 애를 유괴해 와서

---

* '아이와 권력자에게는 이길 수 없다'는 뜻의 일본 속담

어르는 줄 알았어요'라든가."

"정말 독창적이네." 겐타가 웃었다. "그런 얘기를 하던 중에 다코야키 얘기가 나왔구나?"

"맞아. 지금 생각해 보면 이혼 직전이었어. 술에 취해서 그런 거였겠지만, 풀린 눈으로 얘기해서 무서웠다니까."

"그래도 남편을 다코야키에 비유하다니." 나기사가 나가에를 힐끔 보며 한마디 던졌다. "대체 무슨 일이 있으면 그런 표현이 가능할까?"

"이렇다 할 사건이 있었던 건 아닐 거야."

나는 그렇게 말하고 그 술자리에서 있었던 일을 머릿속으로 그려보았다. 평소에는 그런 걸 일일이 기억하려 하지는 않지만, 한번 되짚어보니 자세한 상황까지 줄줄이 떠올랐다.

"신지 아빠는 쉽게 말하면 엘리트라고 하더라고."

"오호." 나기사가 마치 평론가 같은 표정을 지었다. "칭찬의 뉘앙스는 전혀 아닌데?"

"그렇지. 정말로 이야기만 들으면 엘리트가 맞아. 지역 최고 명문고 졸업, 편차치가 상당히 높은 대학에 진학, 도쿄 증권 거래소 1부 상장 기업에 취직. 그런 경력이니까."

"그런데 이혼?" 나기사의 입이 크게 벌어졌다. "아깝다."

"그런 것만 가치 있는 건 아니니까요." 겐타가 쓴웃음을 섞으며 말했다. "근데 그것만이라면 정말 흠잡을 건 없는 것 같은데."

"그렇지? 근데 그 전부터 '매일 늦게까지 일만 하고 신지한테는 하나도 신경 안 써요.' 하고 푸념은 했거든. 실제로 많이 바쁘기도 했겠지만 자기는 밖에서 돈 버는 역할이다, 육아는 아내 역할이다, 나눠서 생각했을지도 모르지."

"그럼 아내는 전업주부?"

"응. 일했으면 이혼했다고 바로 고향으로 내려가진 않았겠지."

"그건 그러네." 나기사가 공감이 간다는 얼굴을 했다. "근데 전업주부로 산 건 남편이 그러길 바라서였다, 아내는 그게 불만이었다, 그럴 가능성도 있겠네."

"아마 그럴 거야." 나는 독신 시절까지 포함해 봐도 이 정도로 나기사와 의견 일치를 본 적은 없었다 생각하며 그 말에 동의했다. "그래서 불만이 쌓였던 것 같아. 술자리에서 남편 흉을 보기 시작하는 건 별로 드문 일이 아니거든. 그래도 보통은 구체적인 일을 들어서 이러니저러니 하는 게 엄마들의 흉보기 대회 방식이야. 근데 신지 엄마는 그와는 다르게 남편의 본질적인 부분에 대해 불만을 털어놓았던 거지."

"본질적인 부분." 겐타가 따라 말했다. "제법 심각한 전개로 흘러가는데?"

"맞아. 그때 나온 말이 바로 아까 그 엘리트 이야기였어. 그런 학력이니 공부도 꽤 잘했을 거다. 큰 회사 다니니 회사가 망할 위험도 없고, 장래에 연봉도 높아질 거다. 사치하는 버릇도 없고, 술 취해서 처자식한테 폭력적으로 굴지도 않는다."

"뭐야……." 나기사가 허공을 올려다봤다. "그건 그냥 남편 자랑 아니야?"

"여기까지는 그렇지." 나는 맥주를 다 들이켰다. 겐타가 자연스럽게 잔을 들어 맥주를 따라주었다. "그 말을 듣고 다른 엄마들도 똑같은 반응이었어. 다이 학교는 공립이라 학생들이 학구學區에 따라 들어오거든. 이런저런 가족들이 모인 만큼 모두가 신지네처럼 여유 있는 편은 아니었어. 그래서 그런 자랑을 하면 보통은 술자리 분위기만 묘해지는데, 그때는 그렇지가 않았어. 신지 엄마가 하는 말들이 거의 대부분 저주에 가까웠거든."

"이번에는 저주야?" 겐타가 어이없다는 표정을 지었다. "대체 무슨 술자리가 그래?"

"다른 건 몰라도 이런 전개가 벌어질 거라고는 누구 하나 예상 못 했겠지. 그래도 엄마들 몇이 '괜찮은 남편인데요?' 하고 장단을 맞춰줬거든. 근데 신지 엄마는 '간판 하나는 그럴듯하죠.' 하고 툭 내뱉더라고. 다들 이해를 못 하고 입만 떡 벌리고 있는데 신지 엄마가 설명을 해줬어. '사실 우리 남편, 그렇게 괜찮은 사람 아니에요. 학력도 좋고 유명한 회사 다니고, 그렇긴 하죠. 근데 그런 간판 보고 사람들이 상상하는 능력은 갖고 있지 않거든요.' 하고."

"그 말은 다른 회사에서도 통용되는 만능 자격증 같은 게 없었다는 뜻?" 나기사가 도통 이해되지 않는다는 듯 팔짱을 꼈다. "직종에 따라 다르겠지만 소위 종합직이라면 자격 같은 건 대부분 없지 않아? 있어봤자 운전면허증이나 토익 점수 정도일 거고. 네 이야기를 들어보면 신지 아빠는 그 둘 다 갖고 있을 것 같은데."

우리 회사는 아직 그렇게까지 안 하지만, 많은 기업들에서 영어 능력을 판정하는 시험인 토익 점수를 인사 고과에 반영한다. 영어를 못하면 출세도 못 하는 시대가 된 것이다.

"토익 점수는 자격은 아니지만, 신지 아빠는 토익 성적도 좋았을 거야. 근데 신지 엄마가 말하고 싶어 한 건 구체적인 자격 같은 게 아니었어. 아내로서 남편이 간판만큼 유능하지 않았다는 평가를 내렸던 거지."

"그러면……." 나가에가 세 번째로 구운 다코야키를 접시에 덜며 입을 열었다. 이번에는 제대로 문어가 들어가 있었다. "공부나 일을 잘하고 못하고가 아니라 일상에서 간간이 보이는 판단이나 행동이 아내로서 마음에 안 들었다는 뜻인 건가."

"바로 그거야." 나는 두 손 모아 나가에에게 감사의 뜻을 표하고 다코야키를 집어 온 뒤 소스를 뿌렸다. "신지 엄마는 그 점을 불만스러워했어. 좀 전에 말한 독특한 표현도 일상적으로 느끼는 불만에서 나온 거였고. 불만이 조금씩 쌓이다가 '이 사람, 엘리트처럼 보여도 속에는 진짜 별로 든 게 없네.' 하고 생각했던 모양이야."

"신지 엄마 심정을 이해 못 하는 건 아니야." 나기사가 팔짱을 끼었다. "뭘 그런 것까지 바라느냐고 할진 몰라도, 약간의 배려나 일일이 부탁하지 않아도 알아서 움직여주는 걸 기대하게 되니까. 그런 게 안 되면 인간성이 부족한 것 같고 말이지."

"동감이야. 뭘 그런 것까지 바라느냐고 할진 몰라도."

나는 나기사의 말을 반복했다. 그렇다. 정말 약간이면 되는 것들이다. 예를 들면, 내가 지금 비운 잔에 남편이 자연스럽게

문어 안 든 다코야키

맥주를 따라준다든지.

 "한번 그렇게 생각하게 되면 멋들어진 간판은 오히려 마이너스로 작용하지. 명문대 나왔다는 사람이, 일류 기업 다닌다는 사람이…… 그렇게 짜증이 쌓여가는 거야."

 "그런 거구나." 나기사가 이해했다는 듯 고개를 끄덕였다. "그래서 다코야키인 거네. 겉은 바삭바삭, 속은 말랑말랑. 그건 학력이나 회사 이름 같은 거다. 근데 정작 본인한테는 별대단한 능력이 없다. 즉, 가장 중요한 문어가 안 들었다, 그런 뜻이구나."

 "정답. 그런데 아까 말했듯이 본질적인 부분에 대한 거다 보니 구체적으로 여길 고쳐라, 그렇게 콕 집어서 요구할 수도 없지. 간판만 보면 자기보다 남편이 더 대단하니까 불만 제기도 쉽지 않고. 그러고 있는 사이에 결국 인내의 한계점을 넘어섰고, 그래서 이혼."

 나는 이야기를 마쳤다. 한동안 다들 다코야키를 먹고 맥주를 마셨다. 아직 다코야키 반죽도, 재료도 남아서 나가에는 다시 네 번째 다코야키 굽기에 돌입했다.

 "딱히 편을 들려는 건 아닌데……." 나기사가 잔을 내려놓고 말했다. "그 남편이 좀 불쌍한 것 같은 기분도 들어. 이전에 다닌 회사에도 명문대 출신인데 일을 너무 못하는 사람이 있었거든. 학력이 곧 유능한 정도를 나타내는 척도는 아니야. 학력이나 면접 기술로 일단 입사에 성공하면 회사에서도 쉽게 해고하지 못하고. 오히려 그런 사람이 더 많을걸. 아내분이 남편한테 너무 큰 기대를 한 거 아닐까."

"그럴지도 모르겠네요." 겐타가 조심스럽게 동의했다. "그보다 두 사람이 어떻게 만나서 어떻게 결혼하게 된 걸까요. 맞선으로 결혼한 거라면 그런 실망감이 생겨도 이상할 게 없겠죠. 근데 연애결혼이었다면, 사귀는 중에 바로 본 모습을 알아차렸을 텐데요."

"그런 것까지는 못 물어봤지." 나는 대답했다. "그래도 '그런 사람일 줄은 몰랐다.', 그런 말은 했으니까, 맞선은 아니고 연애결혼이지 않았을까. 남편이 사귈 때는 괜찮은 사람인 양 행동하다가 결혼하고 나니 안심하고 본성을 드러냈다든지. 아내 쪽도 사귀는 중에는 연애 감정에 눈이 멀었는데, 결혼하고 나니 콩깍지가 싹 벗겨졌다, 그런."

"나쓰미 너도 참 가차 없구나." 나기사는 자기는 그렇지 않다는 듯 그런 평가를 내렸다. "근데 어느 부부나 크든 작든 그런 부분이 있잖아. 그렇게 생각하니 역시 아내가 남편한테 너무 과한 요구를 했다, 그런 생각밖에 안 드네."

"그렇다면……." 겐타가 다코야키를 집어 시치미를 좀 많다 싶게 뿌렸다. "이혼 얘기를 꺼냈을 때 남편은 어리둥절했겠네요. '나는 아무 잘못도 없는데 왜 이혼을 당하지?' 하고요."

"아내 입장에서는 아무것도 안 한 것 자체가 문제겠지만."

"화산 같네." 겐타가 허공을 올려다봤다. "아내가 조금씩 가스를 빼냈으면 알아차렸을 텐데. 내내 잠자코 있다가 갑자기 팍 터트렸으니 말이야. 그러면 손을 써보려고 해도 도리가 없지." 그러고는 똑같이 남편 처지인 나가에를 바라봤다. "이거 남의 일 같지 않은데요?"

"그러게요." 나가에도 다코야키를 입에 넣었다. 다코야키는 의외로 먹기 힘든 음식이다. 부드러운 주변부와 달리 그 속의 문어는 단단하다. 그게 매력이기도 하지만, 삼킬 타이밍을 잡기가 어렵다. 나가에는 문어를 잘 씹어 삼키는 쪽인 모양이다. 시간을 들여 다코야키 한 개를 꼭꼭 씹어 먹은 다음 다시 말을 이었다. "아내분이 오해하는 바람에 이혼한 걸지도 모르겠지만……." 그러고 나서 맥주를 마셨다. "결과적으로는 그야말로 정답이었던 거죠."

식탁이 침묵에 둘러싸였다.

방 한구석에서 텔레비전 소리와 아이들 웃음소리가 들렸으니 완전한 정적은 아니었다. 하지만 어른들이 있는 공간은 조용했다.

"……저기, 요스코." 나기사가 침묵을 깼다. "그게 무슨 소리야?"

"무슨 소리긴." 나가에는 당연하다는 듯 대답했다. "그대로 결혼 생활을 이어갔어도 불행할 뿐이잖아. 그러니 일찍 결단한 게 좋았다, 그런 말이야."

"그건 설명이라고 할 수 없잖아."

나는 항의했다.

신지 엄마는 남편의 능력 없음을 더는 참을 수 없어 이혼을 결심했다. 반면에 나가에로 말하자면 큼직한 문어가 든 다코야키다. 그것도 아카시明石산 문어가 든 고급 다코야키*. 그런 나가에가 신지 아빠를 비판하다니, 어쩐지 비아냥처럼 느껴졌다. 나가에가 그런 사람이 아니라는 건 아주 잘 알지만 나

---

* 문어가 든 다코야키의 원조로 알려진 효고현 아카시의 '아카시야키明石燒き'에 빗댄 표현

도 모르게 그런 생각을 품고 말았다.

그러나 나가에는 의연하게 다코야키를 집어 천천히 씹어 삼켰다. 그리고 입을 열었다.

"나쓰미한테 물어보고 싶은데, 신지 엄마가 전업주부라고 했지? 그럼 그 전에는 뭔가 일을 했을까?"

그건 신지 엄마를 처음 만났을 무렵에 물어봐서 알고 있었다.

"음, 전에 어느 회사에서 경리로 일했대. 그래서 학부모회 행사 때도 회계 업무를 맡았고."

"그렇구나. 그럼 신지 엄마는 어떤 이유를 들면서 남편한테 이혼하자고 했을까. '당신은 문어 안 든 다코야키야', 그렇게 말했을까?"

뜻밖의 질문에 나는 당시 일을 떠올렸다. 남의 불행을 고소해한 건 아니었지만, 신지 엄마의 화풀이 겸 푸념을 엄마들이 빨래터에서 잡담하는 느낌으로 들었던 건 맞다. 그래서 잘 기억하고 있다.

"아무리 그래도 그렇게 대놓고 말은 안 한 것 같아. 그냥 '도저히 안 맞는다. 더는 같이 못 살겠다', 그렇게 말했다는 것 같은데."

"그렇구나. 누군가의 외도가 원인이 된 게 아니라면 그게 정당한 이유겠지. 그래도 잠시 별거에 들어가거나 하지 않고 곧바로 이혼을 선택했다는 거네."

"그건 그럴 수밖에." 나기사가 끼어들었다. "아무리 애를 써도 관계 회복에 도움이 안 될 게 뻔한데 뭣 하러 질질 끌겠어? 시원하게 헤어지는 게 서로를 위해 좋지."

그녀의 남편도 수긍했다.

"맞아. 그런데 겐타 씨 말대로 남편 입장에서는 아무 예고도 없이 갑자기 이혼 얘기를 들은 거잖아. 자기한테 아무 잘못도 없다고 생각할 테니 순순히 받아들이지도 못했겠지. 이혼 과정에서 두 사람이 심하게 싸웠으려나?"

그 부분에 관해서는 이사하기 직전에 들어서 알고 있다. 그 전에 남편한테 불만이 많은 다른 엄마가 물어보기도 했지만.

"듣기로는 남편도 의외로 순순히 이혼에 동의했대. 조건에 대해서도 딱히 군말이 없었던 것 같고. 진흙탕 싸움 같은 이혼 소송은 벌이지 않았던 것 같아. 아이는 엄마가 키우겠다는 것도 대번에 합의해서 양육비도 받게 됐다고 들었어. 실제로 계속 받고 있는지는 모르겠지만."

"그렇구나." 이해했다기보다는 역시 예상대로라는 반응이었다. 나가에는 잠시 맥주잔을 바라보다 곧 다시 얼굴을 들었다. "남편은 간판만큼의 능력이 없다, 아내는 그렇게 판단했어." 갑자기 전제에 대한 복습부터 시작. "구체적으로 어떤 잘못을 저지른 건 아니야. 그저 일상의 사소한 판단이나 행동이 아내를 만족시키지 못했지. 그게 스트레스가 되어간 거고. 근데 난 그 부분이 마음에 걸렸어." 나가에는 속도를 늦춰 말했다. "남편은, 정말 그렇게나 무능했던 걸까?"

"뭐……?" 의외의 물음에 대답이 선뜻 나오지 않았다.

"그야 무능했겠지." 나기사가 대답했다. "적어도 간판에서 기대되는 정도로 능력이 있던 건 아니었던 거야. 과도한 기대를 받게 된 남편도 힘들었겠지만, 간판이라는 게 원래 다 그렇잖아?"

"그럴지도 모르지." 나가에는 애매하게 고개를 끄덕였다. 그리고 다시 내 쪽으로 얼굴을 돌렸다. "아내는 전업주부야. 요즘 시대에 결혼 때문에 회사를 그만두는 일은 드무니 아이 낳는 타이밍에 일을 그만뒀다고 생각해 볼 수 있지. 그때 어떤 얘기든 부부 사이에 대화가 오갔을 거야. 출산휴가와 육아휴직을 신청하고 다시 직장에 복귀할 것인가. 아니면 아예 퇴사할 것인가. 아내가 어느 쪽을 바랐는지는 모르겠지만, 적어도 남편은 아내가 육아에만 전념하길 바랐고, 아내도 그걸 받아들였어."

"아내 쪽에서는 그게 불만이었던 거 아니야?" 나기사가 미간에 주름을 잡았다. "남자는 일하고, 여자는 가정을 보살핀다. 무슨 60년대 고도 경제 성장기도 아니고, 그런 낡은 가치관을 들이미는데 누가 가만히 있겠어?"

마치 바로 눈앞에 있는 사람이 신지 아빠인 것처럼 따지고 드는 나기사. 하지만 나가에는 표정을 바꾸지 않았다.

"동감이야. 근데 남편 입장만 따지면 합리적인 판단이었어. 본인은 일이 바빴으니까. 매일 늦게 퇴근하니 육아에 참여하는 부분은 무척 제한적일 거다. 아내까지 일하면 만족스럽게 아이를 키울 수 없지 않을까. 그런 부분을 걱정해서 아내한테 전업주부가 되어달라고 했을 거야. 낡은 가치관인 건 분명하고, 그걸 남편이 인지하고 있었는지 어떤지도 몰라. 하지만 적어도 남편 본인은 그게 올바른 판단이라고 믿었던 거지."

"말도 안 되는 얘기잖아." 나기사는 토해내듯 대꾸했지만, 자기 남편이 말한 내용 자체는 부정하지 않았다.

"그래, 말도 안 되지." 나가에가 아내의 말에 동의했다. "그래도, 이 판단만 가지고 남편이 무능하다고 결론을 내릴 수는 없어. 그뿐만이 아니야. 신지 엄마의 독창적인 남편 흉도 생각해 보자. 내용을 들어보면 남편이 그렇게까지 한심한 사람인 것 같지 않거든."

"무슨 뜻이야?"

내 물음에 나가에는 잠시 허공을 응시하며 상념에 잠겼다.

"우선 밖에서 아이가 아무리 울어도 신경 안 썼다는 이야기. 우리 집도 그런 경험이 있어 아는데, 아이는 밖에서 울기 시작하면 그리 간단히 울음을 그치지 않아. 주변 시선이 싸늘해져도 어쩔 도리가 없지. 그저 민망할 뿐. 남편은 애초에 어쩔 수 없다고 생각한 게 아닐까? 어차피 아이는 울음을 안 그칠 거다, 주변 시선은 신경 쓸 것 없다."

"뭐!" 나도 모르게 소리를 지르고 말았다. "그럼 더 빈축을 사잖아."

"아무리 울음을 그치게 하려고 애를 써도 결과는 똑같잖아. 차라리 아무것도 안 하는 쪽이 더 빨리 그칠 거다. 그렇게 생각해도 이상할 건 없지."

"……."

경험상 그 말이 옳다고 느꼈지만, 막상 남편이 그런 반응을 보이면 아내로서는 난감하기 그지없을 것이다.

"유치원 운동회 때 일도 마찬가지야. 유치원이 판매하는 기록 DVD의 경우, 원아들 모두를 똑같이 촬영해 주게 되어 있잖아. 그러니 자기 아이도 확실히 찍혀 있겠지. 게다가 공식 카메라맨이 찍는 거니 일반인보다 위치 선정도 더 좋고, 그러니 결과도 좋고. 반면에 부모가 찍으려고 하면 다른 부모들한테 방해를 받아서 제대로 찍을 수가 없어. 비디오카메라를 손에 들고 움직이는 아이를 따라가다 보면 어쩔 수 없이 화면이 흔들리니까. 자기 아이만 크게 담고 싶은 게 부모 마음이니 운동회 전체 상황도 도무지 파악이 안 돼. 그런 보기 힘든 화면을 주구장창 찍을 바에야 아이가 등장하는 빈도는 낮아도 제대로 편집된 깔끔한 영상을 보는 편이 낫다. 그런 생각이었다고 해도 이상하지 않아."

"이상하지는 않지만……." 운동회 당시 열심히 다이를 촬영했던 겐타가 난처한 표정을 지었다. "아내로서는 불만이었을 것 같네요."

나가에는 집게손가락을 세웠다.

"맞습니다. 남편은 합리적인 판단을 했어요. 그 자신의 입장에서는 올바른 판단이었고, 객관적으로 봐도 유일무이한 정답인지는 몰라도 적어도 틀린 건 아닙니다. 그렇게 따져보면 남편은 결코 무능한 사람이 아니었어요. 간판대로 올바르고 실리적인 판단을 할 줄 아는 사람이었죠. 아내 입장에서는 불만스러울 뿐이었겠지만."

"그렇구나." 겐타는 나가에의 말뜻을 이해한 모양이었다. "아내는 남편의 판단과 행동을 보고 능력이 없다고 판단했다. 하지만 사실은 남편이 자기가 원하는 반응을 보이지 않는 게 용납되지 않았던 거다, 그런 뜻이죠?"

"맞습니다. 명문대를 나와 일류 기업에서 일하는 남편. 아내분이 타산적으로 결혼한 것은 아니었겠지만, 남편의 간판에 가장 현혹되어 있었던 건 아내분이었어요. 기대에 부응하는 행동을 취하지 않는 남편에게 '당신 간판 정도라면 충분히 이런 식으로 행동해 줄 수 있지 않아?' 하고 생각하고 말았고요. 아내는 남편을 문어 안 든 다코야키라고 표현했지만, 남편은 큼직한 문어가 든 다코야키, 아니, 아예 문어 그 자체였던 걸지도 모르겠네요."

"으음." 나는 신음을 토했다. "나가에는 그 남편 쪽을 꽤 감싸는데, 아내 입장에서는 당연히 불만스러웠을 거야. 남편이 그런 식으로 나오면 정말 난감하지."

"아마 아내는 그런 불만을 입 밖에 내지 않았을 거야." 나가에를 대신해 겐타가 설명했다. "이 점에서도 나가에 씨가 말한, 아내분이 남편의 간판에 현혹되어 있던 것이 좋지 않게 작용했어. 멋들어진 간판을 가진 남편한테 별것도 아닌 자신이 불만을 제기하기는 좀 그렇다, 그렇게 생각했을지도 모르지. 남편도 남편대로 아내가 별말 안 하니 굳이 자기 판단에 대한 이유를 설명할 필요성을 못 느꼈고. 자신은 올바르게 행동했다고 믿고 있었으니 아내 역시 그렇게 생각할 거라고 믿었을 게 분명해."

"그럼, 아내가 일방적으로 불만을 품었다가 일방적으로 이혼을 제기했다는 거야?" 나는 아직도 받아들일 수 없어 두 남자에게 항의했다. "그런 결말은 좀 너무하지 않아?"

"아니, 그게 아니야." 내 말을 부정한 건 의외로 같은 아내 입장인 나기사였다. "아내의 판단이 옳았는지는 안 묻겠어. 어차피 남의 집 일이니까. 문제는 요스코가 한 말이야. 지금까지의 설명만 들으면 아내가 일방적으로 나쁘잖아. 남편은 피해자일 뿐이고. 근데 왜 이혼한 게 '그야말로 정답'이라고 한 건데?"

그러고 보니 그렇다. 의견과 설명이 맞지 않았다.

갑자기 나가에가 난처한 얼굴이 됐다. 정곡을 찔렸다기보다는 설명하고 싶지 않다는 표정이었다.

나가에는 잠시 머뭇거리다가 결국 입을 열었다.

"아내의 푸념 내용을 듣다보니 남편이 합리적인 판단을 하고, 가장 실리적인 행동을 취하는 사람이라는 걸 알겠더라고." 말투가 결코 칭찬하는 느낌은 아니었다. "그런 합리적인 판단을 가족 문제에 적용했으면 어떻게 됐을까?"

"그럼, 음⋯⋯."

나기사가 대답을 망설였다.

나가에가 그런 아내에게 애정 가득한 시선을 보냈다.

"나쓰미가 설명했던 신지 엄마가 독창적으로 흥봤던 내용 말이야. 아이가 울었을 때 남편의 대응이나 유치원 운동회 때 일은 그럴 수도 있어. 오히려 신경 쓰였던 건 마지막 에피소드였어."

"자기 아이한테 공부 가르치는 게 수상쩍을 정도로 다정하더라, 어디서 애를 유괴해 와서 어르는 줄 알았다."

내가 당시 신지 엄마의 표현을 재현했다. 이 말에 어떤 의미가 담겨 있다는 걸까. 나가에는 어떤 진의를 파악한 걸까.

나가에는 괴로운 얼굴로 입을 열었다.

"다이가 공부를 가르쳤다는 말을 들으면 그 신지라는 아이가 적어도 다이보다는 성적이 좋지 않았다는 걸 쉽게 추측할 수 있어. 즉, 상위권 성적이 아니었다는 거지. 반면에 아빠는 공부를 잘하는 게 당연한 사람이야. 그런 아버지가 머리가 좋지 않은 아들을 보고 어떻게 생각했을까."

나기사가 침을 꿀꺽 삼키고는 말했다.

"이 아이는 내 능력을 이어받지 못했다……."

나가에는 작게 고개를 끄덕였다.

"공부 같은 건 식은 죽 먹기다. 아버지가 아들에 대해서도 그렇게 생각했다면 아마 엄격하게 공부시키지 않았을까. 하면 할수록 성적이 오를 테니까. 하지만 실제로는 그러지 않았지. 오히려 수상쩍을 정도로 다정하게 가르쳤어."

젠타가 후하고 숨을 토했다.

"남편은 아들의 능력을 키워주길 포기한 거네요. 자기 수준까지 도달하는 건 불가능해 보이니 천천히 다정하게 가르쳐서 조금이나마 나아지게 만들자……."

나기사가 뒤이어 말했다.

"어디서 애를 유괴해 와서 어르는 줄 알았다고 할 정도였으니, 아내 눈에는 자기 아이라고 열과 성을 다해 가르치는 게 아니라 거리를 두는 걸로 보였던 거야. 하지만 그건 아내가 느낀 것 이상으로 위험한 생각이었지."

문어 안 든 다코야키

내가 이야기를 마무리 지었다.

"남편은 아이에게 기대 이하라는 낙인을 찍었어. 아직 초등학교 저학년인데. 남편이 이혼도, 신지를 아내가 키우는 것도 반대하지 않은 건 그 때문일지도 몰라. 곁에 두고 키울 정도의 가치는 없다고 본 거지. 그 남편은 순간순간 올바른 판단을 내릴 줄 아는 사람일 거야. 하지만 장기적인 관점에서 판단을 내리지는 않았지. 부모 마음으로 기대를 품고 하는 판단 말이야. 그런 아버지가 곁에 있는데 아이의 성장에 있어 도움이 될 리가 없어. 그래서 이혼이 '그야말로 정답'이었던 거구나."

나는 등골이 오싹해지는 것을 느꼈다.

유능하고 합리적인 판단을 습관적으로 하는 남자. 자신의 성격에 대해 아무런 자각도 없고, 만사를 늘 똑같이 판단한다. 판단의 대상이 설령 가족이라고 할지라도. 문어 안 든 다코야키 수준이 아니다. 씹기 힘들 뿐 아니라 괜히 삼켰다가는 목에 걸릴지도 모르는 위험한 인물이었다.

나는 옆에 앉은 남편 쪽으로 의식을 돌렸다.

이 사람을 만나서 참 다행이라 생각한다. 남편도, 나도 간판은 평범하다. 다이도 공부며 운동이며 특출나게 잘하는 건 아니다. 그래도 가족끼리 희로애락을 함께하며 끈끈한 정을 나누고 있다.

　나가에네도 마찬가지다. 분명 나가에는 유능하다. 그것도 '대단히'라는 수식어가 붙을 정도로. 하지만 나기사는 남편의 능력에 현혹되지 않고 계속 도전하고 있고, 나가에도 그런 도전을 받아들이고 있다. 사키의 올곧은 성장을 보면 그렇다는 걸 쉽게 알 수 있다. 역시 가족은 이래야 한다.

　모두의 잔이 빈 것을 확인하고 겐타가 다시 맥주를 따랐다. 네 개의 잔이 가득 찼을 즈음, 업소용 맥주 통이 텅 비었다. 동시에 다코야키 접시도 비었다.

　나기사가 맥주잔을 집어 들었다. "신지는 아빠의 손아귀에서 벗어났어." 그 말을 한 뒤 맥주를 한 모금 마셨다. "이제 뒤틀리는 일 없이 잘 성장할 수 있겠지?"

　"그건 아직 몰라." 나가에가 말했다. "미래 예측은 의미가 없으니까. 하지만 한 가지 확실한 건 있어. 새로운 환경에 발을 디뎠으니 우선 친구부터 만들어야겠지." 나가에는 그렇게 말하고 텔레비전을 보는 다이에게 다정한 눈길을 보냈다. "다이처럼 믿을 만한 친구 말이야."

문어 안 든 다코야키

시드르 × 핫샌드위치

일석이조

"오오? 왔구나."

문을 열자마자 나가에 나기사가 반달눈으로 웃었다.

"안녕."

나, 후유키 나쓰미가 신발을 벗으며 대답했다. 뒤에는 아이스박스를 끌어안은 아들 다이. 그 뒤로 남편 겐타가 따라 들어오며 "실례하겠습니다." 하고 인사했다.

안으로 들어서자 거실에서 나가에 다카아키가 외동딸 사키와 함께 테이블 세팅을 하고 있다.

"모두 잘 오셨습니다."

일석이조

우리가 거실로 들어서자 나가에가 인사로 맞이했다. 사키도 고개를 살짝 숙여 인사했다.

나가에는 무슨 일이든 신중히 하고, 나기사는 말투가 퉁명스러울 뿐 하는 행동은 정성스럽다. 사키는 두 사람의 피를 제대로 이어받았는지 접시 하나 늘어놓는 것도 야무졌다. 그런데…….

"사키가 어쩐지 피곤해 보이네?"

내 지적에 사키가 뺨에 얼굴을 댔다.

"아, 그게…….''

"사키, 어제 밤새웠거든."

엄마 나기사가 옆에서 불쑥 말했다. 그것만으로도 사정을 다 파악했다.

"아아, 만화 때문에?"

"응." 나기사가 일부러 세모눈을 하며 나를 쳐다봤다. "너희 집에서 만화 맛을 보고 완전히 빠졌잖아."

원래 나가에네 집에는 만화책이 없었다. 부모 모두 관심이 없었지만, 우리 집은 나와 겐타 모두 만화 팬. 우리 두 집의 모임이 다시 시작되면서 사키는 우리 집에 와서 만화를 볼 수 있어 좋아했다. 그래서 나가에네 집에도 점점 만화책이 늘어났고, 지금은 꽤 괜찮은 컬렉션을 갖추고 있다.

"이거 미안한걸?" 나도 일부러 보란 듯이 사과했다. "그럼 잘 먹고 기운 차려야겠네."

"그렇지." 겐타가 덧붙였다. "굳이 따지자면 오늘은 먹는 게 주니까."

나, 나가에, 나기사 셋은 대학 동창. 성격은 제각각인데 죽이 척척 맞아 자주 같이 술을 마셨다. 취직해서도 어쩌다보니 다들 직장이 수도권에 위치해 일정만 맞으면 나가에의 원룸 맨션에 모여 술판을 벌였다. 내가 결혼하고 나서는 남편인 겐타까지 넷이서 신나게 술을 마시게 됐다.

그런데 나가에와 나기사가 결혼하자마자 나가에가 미국 대학으로 부임하고 말았다. 나기사는 다니던 식품회사를 당연한 듯 그만두고 남편을 따라 미국으로 건너갔고, 현지에서 사키를 낳았다. 우리 집은 우리 집대로 다이가 태어나 밖으로 나가 술 마실 여유가 없었다.

그대로 교류가 끊기는 줄 알았는데, 나가에가 모교에 일자리를 얻어 일본으로 귀국했다. 아이들이 초등학생이 되어 챙기는 데 손이 덜 가게 되면서 우리 술 모임도 부활했다.

"그, 먹는 데 필요한 물건이란 게 바로 이거야."

나기사가 식탁 위에 휴대용 가스레인지를 내려놓았다. 이상한 도구도 있었다. 식빵 크기만 한 검은 판에 20센티미터 정도 되는 손잡이가 달린 모양새. 검은 판 두 개가 판 끝에 달린 경첩 같은 것으로 서로 붙어 있다.

"핫샌드위치 메이커야." 나기사가 설명했다. "전기식 말고 직화로 굽는 걸로 샀어."

"이 휴대용 가스레인지로 빵을 굽겠다는 거구나?"

이미 어떤 원리인지는 알고 있었지만 일단 확인해 본다. 나기사가 활짝 웃었다.

"그렇지. 휴대용 가스레인지를 꼭 전골 먹을 때만 쓸 필요는 없으니까."

나기사는 그렇게 말하며 휴대용 가스레인지에 부탄가스를 끼워 넣고 손잡이가 돌아가는지 확인했다. 제대로 불이 붙었다.

"좋아. 그럼 내용물 준비를 해볼까."

나가에가 주방에서 식재료를 가지고 왔다. 한 덩어리를 여섯 장으로 자른 전립분 식빵. 로스햄. 녹는 슬라이스 치즈.

식빵을 한 장 꺼내 접시에 얹고 표면에 얇게 버터를 발랐다. 매끄럽게 발리는 걸 보니 일찌감치 냉장고에서 꺼내 실온에

뇌두었던 모양이다. 거기에 햄을 한 장 얹고 그 위에 녹는 치즈. 그리고 다시 햄. 마지막으로 식빵 한 장을 뚜껑 삼아 덮었다.

"됐다."

핫샌드위치 메이커의 검은 판 위에 방금 만든 샌드위치를 얹었다. 나머지 한쪽의 검은 판을 눌러 덮고 손잡이 끝에 매달린 고리로 고정시켰다. 준비 완료.

휴대용 가스레인지에 불을 붙인 뒤 바로 약불로 낮췄다. 그 위에 핫샌드위치 메이커 기구를 얹었다.

"한쪽 면당 2분 30초 정도 구우면 돼."

나가에가 핫샌드위치 메이커를 진지한 눈길로 바라봤다. 속이 보이는 게 아니니 그렇게 쳐다봐도 큰 의미가 없을 테지만, 그 심정은 이해가 됐다.

기다리는 사이에 우리 가족은 술 준비를 시작했다. 아이스박스 안에서 병을 꺼냈다. 투명한 병에 붙은 파란 라벨이 시원해 보였다.

"시드르입니다."

시드르. 사과를 원료로 한 발포성 양조주다. 이번에는 핫샌드위치에 시드르를 곁들여 먹자는 게 모임 취지였던 것이다.

2분 30초 정도 지나 핫샌드위치 메이커를 뒤집었다. 그리고 다시 2분 30초. 가스레인지를 끄고 핫샌드위치 메이커를 열었다. 식빵 표면에 노릇하게 그을린 그릴 무늬가 들어가 있었다. 핫샌드위치를 도마 위로 옮겨 식칼로 썰었다.

"됐다."

"좋았어."

나가에가 준비한 유리잔들에 시드르를 조심스럽게 따랐다.

"그럼 시작해 볼까." 나기사가 말했다. "핫샌드위치는 속도가 생명이야. 빨리 먹어봐."

나기사의 조언대로 핫샌드위치를 깨물었다. 바삭한 식감과 함께 밀가루와 버터 향기가 확 퍼진다. 더 깨물자 녹아내린 치즈와 햄의 맛이 뒤따라왔다. 속은 뜨끈뜨끈. 나기사 말대로 이건 갓 구웠을 때 먹어야 하는 음식이다. 식어버리면 이 매력의 100분의 1도 발휘하지 못할 터.

"너무 맛있어요."

다이의 감탄에 나기사가 또 반달눈을 해보였다.

"그래? 정말 다행이다."

이어서 시드르를 마셨다. 가장 먼저 사과 향기가 느껴진다. 이어서 가벼운 단맛과 산미. 너무 달지도 않고 깔끔해서 목

넘김이 좋다. 이 가벼운 느낌이 핫샌드위치의 맛을 방해하지 않고 오히려 도드라지게 해준다. 음. 이 둘, 찰떡이다.

식빵 두 장을 여섯 등분했기에 금방 다 먹어버리고 말았다. 카나페라도 먹는 기분이다.

제2탄이 준비됐다. 5분의 기다림. 다 구워진 핫샌드위치는 다시 여섯 조각으로 잘렸다.

이번에는 향신료가 더해졌다.

"초리소chorizo를 얇게 썰어 넣었어."

나기사가 해설을 곁들였다.

초리소의 매콤함과 시드르의 은은한 단맛은 안 어울리지 않을까 걱정했는데, 기우였다. 치즈가 잘 감싸줘서 그런지, 아니면 사과라는 과일이 여러 음식과 어울림이 좋아서 그런지 깜짝 놀랄 정도로 뒷맛이 훌륭했다.

"정말 좋네요." 겐타도 감상을 솔직하게 말했다. "시드르는 단 술이라는 인상이 강해서 지금까지 멀리했는데 이렇게나 맛이 좋을 줄이야."

나가에와 나기사가 연신 고개를 끄덕였다. 예전에 셋이서 술을 마시던 시절, 우리도 겐타와 마찬가지 이유로 시드르를 피했다. 이런 감각마저도 비슷해 겐타와 결혼했다고도 할 수 있지만 그건 오늘의 주제가 아니다.

"시드르도 그렇지만……." 내가 겐타의 말을 이어받았다. "그러고 보니 핫샌드위치도 거의 먹은 적이 없었네. 이거 너무 맛있다." 두 조각째를 깨끗이 먹어치웠다. "얼마든지 먹을 수 있겠어."

"시드르도 말이지." 겐타가 병을 들어 올렸다. 안경을 위로 들어 올리고 맨눈으로 라벨을 살폈다. 요즘 노안이 오는 듯했다. "알코올 도수는 5도네요. 맥주랑 비슷한 정도라 그런지 술술 넘어가네."

그런 이야기를 하는 사이에 벌써 제3탄이 준비됐다. 제법 바쁘다.

이번에도 또 햄이었다. 햄과 치즈는 빵과 곁들이는 대표적인 재료. 당연히 맛있으니까 대표가 된 것이다. 빵 맛으로만은 부족한 부분을 햄의 짭조름한 맛과 치즈의 감칠맛이 보완해준다.

"햄도 이렇게 하니 얕잡아 볼 수 없겠는걸?" 나기사가 진지한 얼굴로 말했다. "얇은 햄은 가열하는 게 어렵잖아. 열기를 가하면 수분이 빠지니까 자꾸 바짝 말라버리고. 근데 이 조리법이라면 수분도 유지되면서 뜨끈뜨끈하니 좋네."

"정말 그러네요." 겐타가 맞장구를 쳤다. "구운 고기의 고소한 향기는 없지만, 그건 빵 냄새가 뒷받침해 주니까요. 햄 속의 지방이 적당히 데워지는 이 조리법, 정말 굉장한데요?"

"이렇게 보면……." 나기사는 더욱 진지해졌다. "핫샌드위치 메이커도 참 멋진 발명품인 것 같아. 두 장의 금속판 사이에 꽉 끼워 굽기만 하면 식빵이나 재료의 수분이 빠져나갈 구멍이 없으니 말이야. 게다가 열기가 제대로 안까지 통하니 재료 자체의 수분으로 저절로 요리가 되고. 빵 표면이 금속판에 밀착되니 수분이 안 날아가도 진득거리지 않고 바삭하게 구워지네."

나기사가 맛있는 음식에는 칭찬을 아끼지 않는다는 건 알지만 아무리 그래도 이건 너무 과장이다. 옆에서 사키도 난처한 표정을 짓고 있다. '엄마, 대체 왜 이러지?' 하고 말하고 싶은 얼굴이다. 흠, 나기사와는 오랜 친구 사이. 내가 거들어줘야지 별수 있나.

"한 번의 조리로 두 가지 조리법을 동시에 처리하나 봐."

나기사가 눈을 깜박였다.

"그게 무슨 뜻이야?"

"봐, 표면은 구워졌지만 속은 자기 수분으로 찌는 거잖아?

그래서 겉은 바삭바삭, 속은 폭신폭신."

나기사가 입을 동그랗게 모았다. '오호!' 하고 소리 없이 감탄하는 건가.

"정말 그러네. 이거야말로 일석이조잖아?"

"안쪽 온도가 몇 도나 되는지 알 수가 없으니 엄밀하게 따지면 찌는 건지 아닌지 알 수 없지만."

"그런 세세한 건 됐고." 나기사가 오른손을 휘휘 내저었다. "맛만 좋으면 된 거 아니야?"

"그건 그렇지."

그렇게 대답하는 순간이었다. 머릿속으로 뭔가가 뚫고 지나가는 느낌. 완전히 다 빠져나가기 전에 확 붙잡았다. 과거의 기억이다. '한 번의 조리로 두 가지 조리법을 동시에 처리'라는 내 말에서 촉발된 기억.

"……아, 그러고 보니." 갑작스러운 내 혼잣말에 주변 사람들의 눈이 내게로 쏠렸다. "아니, 뭐 생각나는 게 하나 있어서." 그렇게 말하며 기억을 좀 더 끌어냈다. "아주 예전 일인데, 이 술 모임에 스다 아스카須田明日香라는 애 데리고 왔던 거 기억나?"

"스다 아스카." 나기사가 공중을 가만히 응시했다. "기억 안 나는데."

　나가에도 마찬가지인 모양. 나는 설명을 덧붙였다.

　"화이트와인과 치즈 퐁듀 때."

　술과 안주 이야기를 꺼낸 순간 나기사가 손뼉을 짝 쳤다.
"아, 딱딱해진 빵 받은 그 애?"

　기억은 계기만 하나 던져주면 의외로 쉽게 떠오르는 법이다. 그런데 그 계기가 술과 안주라니, 너무 본능에 충실하다.

　"그래, 그 애. 그 후에 결국 딱딱해진 빵을 줬던 다카사카高坂씨랑 결혼했잖아. 그 다카사카 부부 이야기가 떠올라서."

　"그 둘 참 잘됐지."

　나가에도 이제 다 기억난 모양이었다. 그때 아스카가 품고있던 고민을 나가에가 해결해 줬고, 덕분에 아스카는 다카사카와 마음에 걸리는 것 없이 잘 사귀게 되어 결혼에 이르게됐다. 나가에는 그들의 은인이라고 해도 과언이 아닐 것이다.

　"그 다카사카 부부한테 아들이 있거든. 이름은 도모키智樹.
그 애가 초등학교 3학년 때 있었던 일이야." 본격적인 이야기를 시작하기 전에 시드르로 목을 축였다. "나도 본 적 있는데,
두뇌 회전이 빠르고 영리한 아이였어. 신제품 기획을 업으로삼는 부모의 영향인지 아이가 공작工作을 아주 좋아했거든. 근

데 아스카는 아들이 책 읽는 걸 너무 싫어해서 걱정이리고 했지. 그런 도모키가 여름 방학 단골 숙제인 자유연구를 티라노사우루스 공작 키트 조립으로 정했어. 그거 있잖아. 나무나 두꺼운 골판지로 된 얇은 판을 조립해서 골격 표본을 재현하는."

"아아, 그거?" 겐타는 짐작이 가는 모양이었다. "그거 진짜 재밌지."

"남자아이들이라면 다들 좋아할 거야. 도모키도 기대에 부풀어 있었지. 근데 걱정되는 것도 있었어."

"아하." 나기사가 즐거운 듯 말했다. "독서감상문 말이구나?"

"그렇지. 여름 방학 숙제로 독서감상문이 포함돼 있었어. 그야 당연한 거지만."

다행히도 다이는 책 읽는 걸 좋아해 독서감상문 때문에 고생한 적은 없었다. 부모가 만화를 좋아한다고 아이가 만화만 보는 건 아니니까. 그건 사키도 마찬가지. 이 부모 밑에서 자랐으니 글자를 싫어할 리 없다. 역시나 두 아이는 책 읽는 걸 싫어한다는 다카사카 도모키의 심정에 공감한다는 표정을 짓지는 않았다.

"부모가 책 좀 읽으라고 해도 아이가 말을 안 듣는 거야. 게임이나 공작에만 열을 올리지 부모가 골라준 책에는 손도 안 댔지. 그래도 독서감상문이 숙제라는 건 본인도 잘 알고 있었고, 이대로 있다가는 큰일 나겠다고 생각한 모양이야. 어떻게든 숙제를 해야겠다 싶은데 도저히 책에는 관심이 안 가고. 그런 도모키가 처음으로 떠올린 아이디어가 남의 힘을 빌리는 거였어."

"남의 힘을 빌려?" 나기사가 이해되지 않는다는 듯 내 말을 따라 했다. 하긴, 나기사 성격이라면 그럴 만도 하다.

"간단히 말해 친구한테 대신 써달라고 한 거야. 같은 사택에 사는 구스모토楠本 씨의 딸이 마침 도모키하고 같은 학년이었거든. 이름은 구스모토 미쿠楠本美紅. 도모키는 그 애한테 자기 대신 독서감상문을 써달라고 부탁했어. 그럼 미쿠가 싫어하는 자유연구로 트리케라톱스 공작을 해주겠다면서."

"대단한 거래네." 나기사가 어처구니가 없다는 듯 한마디 했다. "싫어하는 독서감상문을 남에게 떠넘길 수 있고, 자기는 좋아하는 공작 숙제를 두 개나 할 수 있잖아. 일석이조. 애가 잔머리를 잘 굴리네."

"그래, 꽤 영리하지?"

"그래도 그런 건 선생님이 보면 대번에 알아차릴 텐데."

일석이조

"그렇다는 걸 모르는 게 초등학생들 아니겠어? 근데 미쿠는 도모키 생각을 알아차렸던 모양이야. 초등학교 때는 원래 여자애들이 더 성숙하고 그렇잖아. '그런 건 직접 해야지.' 하고 거절했대."

"그야 그럴 수밖에."

"근데 도모키가 계속 매달렸어. 써주지는 않아도 되니까 대신 책을 읽고 줄거리라도 가르쳐달라고."

"일 보 후퇴네."

"근데 미쿠는 그것도 거절했어. '직접 읽어야 감상문을 쓸 거 아니야?' 하면서."

"지당한 말이야."

"매몰차게 거절당한 도모키는 맥이 빠져 자기 집으로 돌아갔어. 그래도 포기는 안 했지. 문제는 어떻게 책을 안 읽고 글을 쓰느냐. 그러다 여름 방학 마지막의 마지막쯤에 딱 생각이 난 거야. 감상문 숙제에 과제 도서가 정해져 있지 않다는 게."

"과제 도서가 안 정해져 있어?" 겐타가 되물었다. "그럴 수도 있나?"

"추천 도서는 몇 권 정도 들어가 있었는데, 기본적으로 글자가 들어간 거면 뭐든 괜찮았대. 아무리 그래도 만화는 안 됐지만.”

사키가 불만스러운 표정을 지었다. 그래도 그게 그렇단다.

나가에가 눈으로 웃었다. 앞으로의 전개가 짐작되는 모양이었다. 하지만 굳이 입 밖으로 꺼내지 않고 이야기를 재촉했다. 나는 고개를 끄덕였다.

“글자가 들어간 거면 뭐든 괜찮다. 그런데 마침 나는 지금부터 글자를 읽으려는 참이다. 그럼 그 글의 감상문을 쓰면 되지 않겠나.”

“설마…….” 남편보다 한 박자 늦었지만 나기사 역시 알아차린 듯, 떨리는 목소리로 물었다. “공작 키트 조립 설명서를?”

“정답.”

거실에 폭소가 터졌다.

“진짜 대단하다.” 나기사가 눈물을 훔치며 말했다. “‘한 번의 조리로 두 가지 조리법을 동시에 처리’. 그래서 이 이야기가 떠오른 거구나? 정말로 공작과 독서감상문 두 개를 한 번의 ‘독서’로 해결할 수 있네. 여기서도 일석이조를 노린 거군.”

“바로 그거야.” 나는 눈치 빠른 부부에게 칭찬 섞인 눈빛을 보냈다. “도모키는 문장 읽는 게 싫었던 게 아니라 이야기 형식으로 된 글을 싫어했던 거였거든. 설명문이라면 제대로 읽고 내용도 이해할 수 있었지. 게다가 관심 있는 공작에 대한 문장이니 읽는 데 저항감도 없었고."

"발상은 나쁘지 않지만……." 겐타가 웃음기를 거두고 팔짱을 꼈다. "실제로 조립 설명서를 읽고 감상문을 쓸 수가 있나? 대체 설명서에 뭐라고 적혀 있었을지……."

"티라노사우루스 골격 표본 공작이라고 했지?" 나가에는 어린아이의 발상이 마음에 든 모양인지 즐거운 표정으로 말했다. "조립 설명서는 '등뼈③에 갈비뼈⑧~⑰을 꽂아 넣습니다. 앞뒤가 틀리지 않게 주의해 주세요' 같은 내용이겠지. 그림도 들어 있었을 테니 글자 수도 적고 이해하기도 쉽고."

"그래서 더 어렵지 않아?" 나기사가 끼어들었다. "조립 순서 설명하는 문장으로 대체 어떻게 감상문을 쓴다는 거지?"

"그런데도 도모키는 도전을 했다는 거네요." 겐타가 그렇게 말하고 나를 쳐다봤다. "실제로는 어떻게 됐어?"

"다들 상상하는 것처럼 굉장히 고생했다더라고." 나는 아스카의 푸념을 떠올리며 말했다. "처음에는 제대로 된 감상을 적으려고 했다지. '처음에 다리를 조립하는 건 적절한 순서라고 생각했습니다'라든가, '두개골은 조립이 어려워서 더 열심히 설명한다고 생각했습니다'라든가. 근데 감상문 숙제는 원고용지 800자에서 1,200자 정도. 200자 원고지로 네 장에서 여섯 장 정도 분량이거든. 그런 식의 감상으로는 도저히 매수를 채울 수가 없지. 원고지 두 장째 후반부에서 끝나버렸대."

"그랬겠지."

"도모키는 하는 수 없다고 생각하고 거기서부터 티라노사우루스에 대해 쓰기로 했어. 공룡 도감을 꺼내 와서 크기나 생태, 티라노사우루스가 트리케라톱스와 싸우는 백악기 명장면 같은 걸 잔뜩 써서 간신히 원고 매수를 다 채웠지."

"그걸……" 겐타가 조마조마한 표정으로 말했다. "정말로 제출했다고?"

"그렇다더라."

다들 일제히 허공을 올려다봤다.

나기사가 다시 고개를 바로 했다.

"은근 대단한 애네. 그보다, 부모는 안 말렸대?"

"엄마는 반대한 모양이야. 근데 여름 방학도 거의 다 지나갔고, 다시 쓸 시간적 여유가 없었으니까. 아이 아빠가 '재미있는데 뭐 어때?' 하면서 감싸준 덕분에 그대로 제출했대."

"선생님 반응은?"

"발상이 독특하다고 말해줬다던데? 그래도 '다음에는 제대로 된 책을 읽으렴.' 하고 의견이 적혀 있었다더라."

"교사도 참 힘든 일이야."

"재미있는데 뭐 어때." 나가에가 도모키 아빠와 똑같은 말을 했다. "조립 설명서에서 시작해 완성품의 생태도 언급했으니 글의 흐름으로 봐도 제법 괜찮은 것 같고, 내가 선생님이라면 높은 점수를 줄 것 같은데."

"독서감상문의 원래 취지에서 한참 벗어나 있긴 하지만."

"그건 인정."

"정말. 어떻게든 문제 해결을 봤으니 기특한 녀석이네." 겐타도 나가에의 의견에 동조했다. 하여간 아버지들이란. "그보다 선생님이 다시는 그러지 말라고 못을 박았으니 다음 여름 방학에는 고생 좀 했겠지?"

"거기까지는 못 들었는데, 아마 그랬겠지."

"설마 그다음 해에 또 미쿠한테 부탁한 건 아니겠지?"

나기사의 걱정에 나는 고개를 내저었다. "그럴 수도 없었어. 도모키네는 그해 10월에 전근 발령이 나서 센다이로 이사 갔거든. 물론 미쿠가 옆에 있었대도 부탁은 못 했을 거야. 그렇게 딱 잘라 거절했으니."

겐타도 맞다며 고개를 끄덕였다.

"근데 이야기 형식의 글이 싫은 것뿐이라면 애초에 공룡에 관한 설명문 형식의 책을 골랐으면 되지 않나? 그럼 술술 써 냈을 수도. 그 정도로 비관할 일도 아닌 것 같아."

"하긴, 생각해 보니 그러네. 대단한 애야." 나기사가 한숨 비슷하게 내뱉었다. "나쓰미 네가 두뇌 회전이 빠르고 영리한 아이라고 했는데 정말 그런 것 같네. 감상문을 남에게 떠넘기려는 순간에도, 자기 힘으로 감상문을 쓰려고 했을 때도 둘 다 일석이조를 노렸잖아? 최소한의 노력으로 최고의 효과를 얻으려고 한 거지. 엄마 입장에서는 쟤를 어쩌면 좋을까 싶었겠지만, 생각하는 각도에 따라서는 장래가 기대된다고도 할 수 있겠어."

"아빠 입장에서는 장래가 아주 기대되는걸?" 나가에가 웬일로 농담을 던졌다. 그리고 우리 집 외아들에게 얼굴을 돌렸다. "다이는 어떻게 생각하니?"

갑작스러운 질문이었다. 나와 겐타는 당황했지만, 막상 질문을 받은 다이는 동요하지 않고 핫샌드위치 조각을 입에 넣으며 "그러니까……." 하더니 집게손가락으로 자기 뺨을 긁적였다.

"도모키라고 했죠? 이야기 들으니 정말 머리가 좋은 애 같아요. 그래도……." 다이가 담담히 말을 이었다. "그 여름 방학은 아주 씁쓸한 추억으로 남았을 것 같은데요."

거실이 침묵에 휩싸였다. 부모들은 어리둥절한 표정이었고, 사키는 눈만 깜박거렸다. 나가에 한 사람만 다정한 눈으로 발언자를 바라볼 뿐이었다.

"왜 그렇게 생각하지?"

악마에게 영혼을 팔아 두뇌를 샀다는 평까지 들었던 연장자 앞에서 다이는 주눅 들지도 않고 또 "그러니까요……." 하고 말문을 열었다. 그러고는 생각을 정리하는 듯 잠시 침묵했다.

"우선, 공작 조립 설명서로 독서감상문을 쓰려고 한 거 말인데요. 나기사 아주머니는 일석이조를 노렸다고 그러셨잖아요?"

"그랬지."

"최소한의 노력으로 최고의 효과를 얻으려 했다고도 하셨고요."

"응."

"저는 그게 아니라고 봐요. 그렇게까지 깊이 생각한 게 아니라, 단지 도망갈 곳 없이 절박한 상황이라 지푸라기라도 잡는 심정으로 그랬던 것 같거든요."

"왜?" 나도 모르게 끼어들고 말았다. "눈앞에 있는 글자를 최대한 이용하려고 했던 거 아니야?"

"아니야." 다이가 엄마 의견을 딱 잘라 부정했다. "나도 항상 숙제를 직전에 겨우 끝냈잖아. 그래서 도모키 심정이 이해돼. 이걸 최대한 잘 이용해 봐야지, 그런 마음의 여유가 없거든. 제대로 될 리 없는 아이디어라도 매달리고 싶은 게 여름 방학 끝나갈 때 아이들 마음이야."

나는 아무 대꾸도 할 수 없었다. 다이의 말이 옳았기 때문이다.

"그리고, 아무리 초등학교 3학년 남자애가 바보라고 해도 공작 조립 설명서로 감상문을 쓰면 분명 선생님한테 혼날 거다, 그 정도는 예상이 돼. 그런데도 선택할 수밖에 없었던 건 정말로 달리 방법이 없어서 그랬을 거야. 선생님이 화를 내지 않았던 건 그냥 운이 좋았던 거고. 다쓰미辰巳 선생님 같으면 분필부터 던졌을걸?"

다쓰미 선생님은 다이 초등학교 3학년 때 담임 선생님이었다. 맞김 같은 눈썹이 특징적이었던 다쓰미 선생님 얼굴이 떠올랐다. 다이 말대로 다쓰미 선생님이라면 크게 화를 냈을 것이다.

"책 읽는 게 싫다. 문장 쓰는 것도 서툴다. 그래서 이야기든 조립 설명서든 감상문 쓰는 게 어려운 건 마찬가지다. 그렇게 예상은 했겠지만 역시나, 바로 벽에 부딪혔어. 그런데 그 순간 공룡 도감을 꺼내 와 마저 글을 써냈다는 건 대단한 것 같아. 나라면 쓴 부분에서 그만두고 그냥 제출했을 텐데."

"그렇게 둘 리가 있겠니?"

"그러니까 난 안 그랬잖아." 다이는 태연하게 말하며 엄마가 입을 다물게 한 다음 설명을 마저 이어나갔다. "아무튼 조립 설명서만으로 감상문을 끝까지 썼으면 일석이조의 대성공을 맛봤겠지만 그렇게 안 됐으니 단순히 실패로 끝난 거야. 실패 한 걸 이리저리 고쳤을 뿐이지."

"음……." 나기사가 사뭇 감탄한 듯 팔짱을 꼈다. "정말이네. 다이 말이 맞는 것 같아. 도모키는 실패를 만회하기 위해 능력을 발휘하긴 했지만, 원래 발상은 그리 현명했던 게 아니라는 거지?"

"네." 다이는 바로 긍정했다. "도모키가 대단하다고 생각한 건 그 애가 쓴 감상문 때문이 아니에요. 그 전에 어떻게 해서든 감상문을 안 쓰고 넘어가려고 했다는 것 때문이죠."

"뭐?" 나기사가 고개를 갸웃거렸다. "숙제를 친구한테 대신 해달라고 하는 건 다른 의미로는 대단할지 몰라도 머리가 아주 좋은 아이가 할 행동은 아닌 거 같은데?"

"그러니까……." 다이가 또 그렇게 말했다. 다만 이번에는 곧 부정할 거라는 뉘앙스가 담겨 있었다. "친구, 구스모토 미쿠라고 했나요? 그 애한테 써달라고 하고 그대로 제출했다면 어떻게 됐을까요?"

"그럼 그 즉시 발각이지." 나기사가 대답했다. "글씨체도 아예 다르잖아. 들키고 안 들키고 이전에."

다이는 웃었다.

"네, 맞아요. 아까도 말했지만 초등학생 3학년 남자애들은 다들 바보예요. 근데 그걸 모를 정도는 아니거든요. 그렇다면, 구스모토 미쿠가 허락해서 정말로 감상문을 대신 써줬다면 도모키는 어떻게 할 셈이었을까요?"

"베껴 쓰겠지." 겐타가 대답했다. "귀찮긴 해도 머리는 안 써도 되니까. 그 정도는 할 수 있겠지?"

그 옛날 초등학교 3학년이었던 남자가 실감 나게 말했다. 역시 예전에 초등학교 3학년이었던 다이도 아버지의 지적에 고개를 끄덕였다.

"그렇게 했을 거야. 근데 실제로는 미쿠한테 거절당했어. 그래도 도모키는 포기하지 않고 써주지 않아도 좋으니까 그냥 읽고 줄거리만 가르쳐달라고 부탁했지."

"그랬지."

"사실은 줄거리만 들어봤자 오히려 더 쓰기 힘들 게 뻔하지만, 그건 조립 설명서로 썼을 때처럼 미리 알아차리지 못한 걸 테니까, 이상할 건 없어."

"그래. 근데 그게 뭐가 대단하다는 거니?"

나기사가 불만을 토했다.

다이는 또 "그러니까……." 하고 대답했다. 이번에는 듣고 흘리는 뉘앙스로. "자기 부탁을 들어주면 미쿠가 싫어하는 자유연구로 트리케라톱스 공작을 대신 해주겠다고 했잖아요? 자기가 싫어하는 걸 해주면 상대가 싫어하는 걸 해주겠다. 공평해 보이지만 나기사 아주머니가 말씀하셨듯이 그냥 자기가 좋아하는 공작을 하고 싶어 한 거라는 게 훤히 보여요."

"역시 대단할 거 없는 거네."

다이는 그런 나기사를 향해 웃으며 말했다.

"근데 도모키는 여자아이인 미쿠가 자유연구로 트리케라톱스 공작을 해가면 선생님한테 들킬 거다, 그런 생각은 안 했을까요?"

감상문 숙제를 대신 해달라고 할 때 글씨체 때문에 들킬 거라고 생각했다면, 자유연구 주제도 잘못 고르면 들킬 수 있다고 생각했을 거다. 다이는 그런 말을 하고 싶은 거다.

"어쩌면 들키고 안 들키고 그런 건 아예 생각 안 했을지도 모르지." 젠타가 반론을 폈다. "감상문을 대신 써달라고 했을 때도 남자아이가 읽을 만한 책으로 써달라, 그런 부탁은 안 했잖아. 감상문이면 뭐든 다 괜찮다고 생각한 거겠지. 그러니 자유연구를 싫어하는 미쿠도 주제가 뭐가 됐든 자유연구면 다 괜찮다고 할 거다, 그럼 내가 좋아하는 공룡 공작을 해주자. 도모키는 그렇게 생각한 게 아니었을까?"

그런데 다이가 대번에 긍정했다.

"응, 아빠 말이 맞아."

"뭐?"

"도모키는 그런 생각으로 트리케라톱스를 골랐어. 남자애들한테 티라노사우루스만큼 인기 있는 공룡이니까. 선생님 눈에는 남자아이가 골라서 만들어준 게 티가 나겠지. 그런데도 태연하게 그런 제안을 한 도모키는 나기사 아주머니 말대로 별로 대단하지 않아."

대단하지 않다고? 그렇게 따지려고 하는데 다이가 말을 이었다.

"자기 감상문인데 다른 사람한테 책을 읽히고 대신 써달라고 하려고 했어. 너를 위해서 그러는 거다, 그런 말을 하면서 자기가 좋아하는 걸 하려고 했고. 그것만 보면 정말 말도 안 되는 애야. 근데 한 가지 조건을 붙이면 상황이 달라져."

"조건?"

나기사가 이해되지 않는다는 얼굴로 되물었고, 다이는 말하기 좀 난감하다는 듯 머뭇머뭇 대답했다.

"도모키가 구스모토 미쿠를 좋아했다는 조건이요."

나기사는 순간 입을 다물었다. 그리고 낮게 잠긴 목소리로 중얼거렸다.

"……뭐?"

"만약에 미쿠가 도모키 부탁대로 감상문을 대신 써줬다면 어떻게 됐을까요?"

"감상문을 건네받았겠지." 나기사가 대답했다. "그리고 베껴 썼을 테고. 학교에는 자기 글씨로 쓴 감상문을 제출."

"그렇죠. 그럼 도모키한테는 미쿠가 직접 쓴 감상문이 남게 되는 거죠."

나기사가 눈을 휘둥그렇게 떴다. 중요한 이야기를 들었을 때 짓는 표정이다.

"그런데 미쿠는 거절했어요. 그럼, 대신 읽기만 해달라는 부탁을 미쿠가 들어줬다면 어떻게 됐을까요?"

"미쿠가 책을 다 읽으면 약속해서 만나야겠지." 이번에는 내가 말했다. "만나서 미쿠한테 줄거리를 들어야 하니까."

"응." 다이가 순순히 고개를 끄덕였다. "대놓고 크게 물어볼 일은 아니니까 몰래 들어야겠지. 즉, 단둘이 만나서."

"……"

"도모키가 미쿠를 좋아했다고 생각해 봐. 미쿠가 부탁을 들어주면 숙제인 독서감상문을 손에 넣는 것 이상의 성과를 올릴 수 있어. 좋아하는 여자애가 자기를 위해 써준 자필 원고 용지. 그게 아니라도 아주 자연스럽게 둘이 있을 수 있다. 도모키의 진짜 목적은 감상문 그 자체보다 이런 성과들이었는지도 몰라."

나는 아무 대답도 할 수 없었다. 우리 아들은 대체 무슨 생각을 하는 걸까.

"감상문은 그랬을지도 모르지." 겐타가 다시 반론을 폈다. "그럼 공작은? 좋아하는 여자아이한테 트리케라톱스, 그건 좀 아니잖아. 좀 더 여자애들이 좋아할 만한 공작을 생각하려고 했을 것 같은데?"

"그랬을 거야." 다이가 대답했다. "근데 도모키는 그 길을 선택하지 않았어. 왜냐하면, 여자애가 좋아하는 공작 작품을 만들어 선물해 봐야 그걸로 끝나버리니까."

"끝나다니?"

"'와! 고마워. 그럼 잘 가! 끝', 그렇게 된다는 말이야. 감상문처럼 손에 남지 않아. 근데 트리케라톱스는 어떨까. 자기는 티라노사우루스 모형을 갖고 있어. 그리고 미쿠는 트리케라톱스. 나도 알고 있었지만, 엄마도 그랬잖아. 티라노사우루스와 트리케라톱스의 싸움이 백악기 명장면이라고."

"그렇구나!" 나기사가 크게 외쳤다. "트리케라톱스를 선물하면 '내 티라노사우루스와 너의 트리케라톱스를 싸우게 하는 디오라마를 만들자', 그런 식으로 제안할 수 있겠구나. 다시 만날 필연성이 생긴다, 그런 뜻이네."

"그럴 거예요." 다이는 자기 말을 이해해 줘서 기쁜 표정을 지었다. "그러니까 나기사 아주머니가 '일석이조'라고 표현하신 건 사실 틀린 말이에요. 도모키는 감상문, 공작, 좋아하는 여자애와의 접점까지 일석삼조를 노렸으니까요. 게다가 미쿠와의 접점의 경우 감상문과 공작 양쪽 모두에서 노렸고요. 진짜 대단한 아이죠."

나기사는 입을 떡 벌렸다. 만난 적도 없는 초등학교 3학년생의 지략과 그 지략을 밝혀낸 친구 아들의 두뇌에 경악한 것이다. 그러나 계속 놀라고 있지만은 않았다.

"도모키는 머리가 좋아. 훌륭하게 일석삼조를 노렸던 걸지도 모르고." 나기사가 낮은 목소리로 말했다. "근데 말이야, 옛날에 초등학교 3학년이었던 여학생 입장에서 말하는 건데, 그렇게 자기 숙제 남한테 떠넘기는 남자애는 정말 별로란다."

"네, 맞아요." 다이가 쓴웃음을 지었다. "미쿠는 나기사 아주머니하고 똑같이 생각하고 도모키를 싫어하게 됐어요. 게다가 그런 상태로 이사까지 가버렸고요. 더는 명예를 회복할 기회가 없죠. 그래서 씁쓸한 추억으로 남았을 거라고 한 거예요."

다이의 이야기가 끝났다.

거실에는 다시 침묵이 내려앉았다. 부모들은 말이 없었고, 사키는 표정을 숨기려는 듯 입을 꾹 다물고만 있다.

"정말 훌륭하구나."

나가에가 입을 열었다. 말투에 감탄은 어려 있었지만 놀란 기색은 없었다. 나가에 본인도 같은 결론에 도달한 거겠지.

"도모키는 내기에서 졌어. 그럼 다이 넌 어떠니? 다이 네 내기 결과는 어떨까?"

다이는 심각한 표정을 지었다.

"저는 남에게 숙제를 떠넘기는 짓은 안 합니다."

"그렇지." 나가에는 웃었다. "다이 넌 너 자신의 숙제를 얼른 끝내야 해. 그게 네 내기야."

알 수 없는 말. 그런데 다이는 어리둥절한 표정을 짓지 않았다. 이제는 몇 번째인지 모르겠는 "그러니까……." 하는 말만 입에 올렸다.

다이는 등을 곧게 펴고 천천히 입을 열었다.

"사키와 결혼하겠습니다. 허락해 주시면 감사하겠습니다."

후유키 다이, 스물일곱 살 젊은이가 사키의 부모님을 똑바로 바라봤다.

싱글거리는 웃음이 멈추질 않았다.

나가에 나오미 사키. 아름답게 성장한 스물다섯 살 아가씨가 얼굴을 새빨갛게 붉히고 있었으니까. 그 옆에 앉은 사키 엄마도 비어져 나오는 미소를 참지 못하고 있다.

"그 얼굴……." 나기사가 곱게 휜 반달눈으로 다이를 바라봤다. "아무리 봐도 내기에서 질까봐 걱정하는 얼굴인데?"

254 · 255

"그래요?" 다이는 자기 가슴에 손을 얹었다. "심장이 터질 것처럼 뛰는데요."

"또 그런다." 나기사는 표정을 가다듬었다. "반대할 리가 없잖아." 그러면서 의자 등받이에 몸을 기댔다. "아니, 그 반대지. 사키는 후유키 집안 때문에 인생이 뒤죽박죽됐으니까, 오히려 책임을 져야지."

"엄마, 그게 무슨 말이야."

사키가 엄마에게 항의했다.

사키는 우리 집에 자주 놀러 오면서 만화에 눈을 떴다. 만화책을 보는 사이 자기도 그려보고 싶어 했고, 중학교, 고등학교 모두 만화 연구 동아리에 들어갔다. 대학교수인 아버지는 공부를 가르칠 때면 자꾸만 딴 얘기로 빠졌는데 오히려 그게 창작의 재산이 됐는지, 동인지 판매 자리에서 주목을 받게 되어 미대에 진학했다.

작가로 데뷔한 건 대학을 졸업하던 해. 어젯밤에도 다이가 결혼을 발표할 오늘을 위해 열심히 원고를 마무리 짓느라 얼굴에 피곤한 기색이 역력했다.

나기사가 딸의 항의를 흘려들으며 말했다.

"2, 3년 더 일찍 말할 줄 알았더니 오늘까지 질질 끌었네."

"사키하고 이야기를 나눴어요. 첫 단행본이 나온 뒤로 하자고. 어엿한 작가로 제 몫을 하게 됐다는 증명서인 셈이니까요."

사키의 첫 단행본은 지난달에 출간됐다. 귀여운 그림체의 네 컷 만화책으로, 애니메이션화 소문까지 돌 정도로 인기란다.

"훌륭하네." 나기사는 담담한 말투로 평했다. "그냥 데뷔 전에 확 낚아채서 전업주부로 만들어도 좋았을 텐데."

"아직 빵이랑 햄 남았으니까 더 구울게."

이대로 엄마가 대화를 끌고 나가게 하면 안 되겠다는 생각이었는지 사키가 재빨리 나섰다. 식빵에 버터를 바른 뒤에 샌드위치를 만들어 핫샌드위치 메이커 사이에 끼웠다. 그리고 휴대용 가스레인지를 켰다.

"핫샌드위치에 시드르라." 이제 제법 하얗게 머리가 센 겐타가 입을 열었다. "우리는 전혀 생각지도 못한 조합이네. 젊은 감성이 더해지는 건 역시 좋아."

그렇다. 오늘의 술과 안주는 다이와 사키가 골랐다. 줄곧 시드르를 따르고 있었던 건 다이, 줄곧 핫샌드위치를 만든 건 사키. 이 두 사람도 대학생이 되면서 술 모임에 참석하게 됐다.

대학에서 나가에와 나기사를 만난 지도 어느덧 40년. 셋이서 시작한 술 모임의 참여자는 넷이 되고, 이제는 여섯으로 늘어났다. 얼마나 행복한 증식인가.

"다 구워졌네."

사키가 핫샌드위치 메이커를 열어 뜨끈한 샌드위치를 도마 위에 얹었다. 식칼로 솜씨 좋게 여섯 등분. 그 사이, 다이가 시드르를 잔 여섯 개에 따랐다.

나가에의 손이 움직였다. 시드르가 담긴 잔을 가만히 다이 앞으로 밀었다.

나는 그 행동의 의미를 바로 이해했다. 나가에는 오랫동안 이어진 술 모임에서 늘 우리가 이해하지 못한 수수께끼를 풀어냈다. 그런 나가에는 그야말로 현자였다.

그리고 오늘 밤, 나가에는 다이의 수수께끼 풀이를 들었다. 다이 너도 이제 어엿한 어른, 그러니 현자 역할은 이제 너한테 넘긴다, 그렇게 말하고 싶은 것이다. 이제껏 자기가 사용하던 현자의 잔을 넘기면서.

다이도 나가에의 의도를 정확히 이해한 모양이었다. 꾸벅 인사를 하며 "잔 받겠습니다." 하고 말한 뒤에 대신 자신의 잔을 나가에에게 건넸다.

"그럼 이제 건배인가?" 나기사가 잔을 들었다. "두 젊은이의 장래를 축복하며."

"건배!"

잔이 쨍 부딪치는 소리가 울렸다. 드라이한 시드르가 깜짝 놀랄 정도로 달콤하게 느껴졌다. 바삭하게 씹히는 핫샌드위치 역시 감미로웠다.

나가에는 시드르를 다 마신 후, 예비 사위를 불렀다. "다이." 그리고 그 두뇌에서 나온 말이라고 상상하기 어려울 정도로 평범한 말을 내뱉었다. "우리 사키, 행복하게 해줘."

한밤의 미스터리 키친

1판 1쇄 **인쇄** 2022년 7월 15일
1판 1쇄 **발행** 2022년 7월 25일

지은이 이시모치 아사미
옮긴이 김진아

발행인 양원석 **편집장** 김건희 **책임편집** 주리아
디자인 정세화, 김미선 **영업마케팅** 조아라, 신예은, 이지원

펴낸 곳 ㈜알에이치코리아
주소 서울시 금천구 가산디지털2로 53, 20층 (가산동, 한라시그마밸리)
편집문의 02-6443-8904 **도서문의** 02-6443-8800
홈페이지 http://rhk.co.kr
등록 2004년 1월 15일 제2-3726호

ISBN 978-89-255-7782-1 (03830)